ANDRÉ THEURIET

DE L'ACADÉMIE FRANÇAISE

Chanteraine

Calmann-Lévy, Éditeurs

Chanteraine

Paris. — Imp. L. Pocuy, 52, rue du Château. — 1657-13.

ANDRÉ THEURIET

DE L'ACADÉMIE FRANÇAISE

Chanteraine

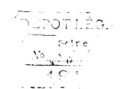

ILLUSTRATIONS

DE

LOUIS STRIMPL

PARIS

CALMANN-LÉVY, ÉDITEURS

3, RUE AUBER, 3

PREMIÈRE PARTIE

I

Bonjour, m'sieu Jacques, vous êtes matinal !...

Assise, jambes pendantes, sur le chaperon du mur séparant le jardin paternel du verger voisin, Clairette Fontenac interpellait, sans façon, un jeune lycéen de seize ans qui venait de traverser le clos du pépiniériste Gerdolle et s'était arrêté sournoisement à quelques pas de la muraille. L'adolescent, maigre, svelte, élancé comme un arbrisseau qui a poussé trop vite, semblait mal à l'aise dans son vieil uniforme de lycéen, qui le gênait aux entournures. Un soupçon de moustache ombrait déjà sa lèvre supérieure. Il avait les traits fins, un teint mat, avec un petit signe noir au sommet de la joue gauche. Sous le chapeau de paille cabossé, ses yeux très doux, couleur noisette, lorgnaient timidement son interlocutrice,

juchée au-dessus de lui et accotée au tronc d'un cytise qui l'abritait de son feuillage léger. Elle touchait à la quinzième année et portait encore des jupes courtes, laissant à découvert ses petits pieds, chaussés de bottines dont plusieurs boutons avaient sauté. Des mèches brunes, échappées de son chignon mal noué, pendaient éparses sur son cou. Un corsage défraîchi, de soie rouge éraillée, craquait sous le développement précoce du buste. Néanmoins, en dépit de cette toilette négligée, qui indiquait une complète absence de coquetterie, elle avait la joliesse et le charme mystérieux d'une rose qui va s'épanouir. Son front large était intelligent, ses yeux noirs riaient sous la frange des cils ; un nez bourbonien donnait un accent de fermeté à son frais visage ; sa bouche assez grande, aux lèvres de cerise, avait une expression malicieuse et un peu provocante.

— Oui, mademoiselle Clairette, répondit en rougissant Jacques Gerdolle, j'étais allé visiter la pépinière et, au retour, j'ai longé votre mur... Je vois avec plaisir que vous êtes aussi matinale que moi..

— Oh ! moi, j'ai horreur d'être claquemurée, surtout par un beau temps pareil !...

En effet, il faisait un temps d'or, une de ces molles matinées de la fin de septembre où l'on peut croire à un revenez-y de printemps. L'air était tiède ; au bord d'un ciel bleu ouaté de floconneux nuages blancs, le soleil filtrait une blonde lumière. De la crête du mur, l'œil embrassait toute l'étendue de la vallée : les bois moutonnant au-dessus de Verrières ; le coteau de l'Hay avec sa ceinture de parcs ; la fuite de la route de Choisy à Versailles, entre deux rangées majestueuses de vieux ormes ; les larges prairies plantureuses, semées de colchiques. Une traînée de vapeur d'argent marquait le cours paresseux de la Bièvre à travers les prés, où des chevaux caracolaient en liberté et où, çà et là, des files de peupliers d'Italie agitaient leurs feuilles déjà jaunissantes. Des vergers du voisinage s'exhalait une savoureuse odeur de fruits mûrs. Les pommes rougies et les poires faisaient plier les branches ; des abeilles et des guêpes bourdonnaient autour des pruniers chargés de prunes violettes ; dans les massifs, les merles sifflaient, illusionnés par le chaud soleil et tentés de recommencer leurs amours.

— Malheureusement, soupira Jacques, ces belles journées passent trop vite ; j'enrage de penser qu'avant dix jours il faudra retourner au bahut...

— C'est bientôt la rentrée ?

— Le 2 octobre, hélas !

— Vous ne paraissez pas pressé de reprendre vos chères études, remarqua malicieusement Clairette.

— Ce n'est pas ça... Je vais passer en rhétorique, où les cours deviennent intéressants ; mais j'ai tout de même gros cœur en songeant que les jours vont s'accourcir, qu'avant peu nous toucherons à l'hiver, une saison où l'on ne se

soucie point de grimper sur les murs... et qu'alors je n'aurai guère plus la chance de vous apercevoir.

Cet aveu, balbutié gauchement, éclaira d'un sourire les yeux noirs de mademoiselle Clairette Fontenac, et elle murmura, avec une moue satisfaite :

— C'est bien vrai, ce mensonge-là ?

— Ce n'est pas un mensonge... Mon seul plaisir est de vous voir, et, quand je ne vous vois pas, de penser à vous... Ça ne date pas d'aujourd'hui !... Quand nous allions ensemble au catéchisme, je ne cessais de me retourner pour vous chercher des yeux sur le banc où vous étiez assise... Mais vous n'aviez pas l'air de le remarquer.

Clairette continuait de sourire avec des mines gourmandes de chatte qui boit du lait :

— Si fait... Seulement, il y avait, sur le même banc, d'autres filles et plus jolies que moi : Aurélie Labrousse, Laure Monnier et cette sainte nitouche de Nine Dupressoir... Je supposais que c'étaient elles qui vous donnaient des distractions.

— Non, déclara avec chaleur Jacques, enhardi ; je ne regardais que vous, les autres n'existaient pas !... J'avais pour elles, autant d'indifférence que vous en aviez pour moi.

— Qu'en savez-vous ? répliqua l'adolescente en haussant les épaules.

Les prunelles claires du lycéen eurent un joyeux scintillement :

— Est-ce possible ?... Vraiment, Clairette, vous faisiez attention à moi ?

— Oui, je vous trouvais gentil.. Mais ce n'est pas une raison pour vous enorgueillir et m'appeler Clairette tout court... On ne peut pas vous faire une confidence, à vous autres garçons, sans que vous preniez, tout de suite, des airs de jeunes coqs... Aussi, pour vous rendre moins avantageux, je ne vous dirai plus rien...

— Pardon, mademoiselle Clairette... Je serais au désespoir de vous avoir offensée... Je vous aime trop...

Jacques achevait à peine cette confuse déclaration qu'on entendit, de l'autre côté de la muraille, une voix glapissante :

— Pi... ouit !... Es-tu là-haut, ma mie Clairette?

Celle-ci posa précipitamment un doigt sur ses lèvres, puis chuchota :

— Mon frère... Sauvez-vous !...

Presque aussitôt après, la frimousse d'écureuil de Landry Fontenac émergea au-dessus du chaperon. Jacques n'avait pu filer assez rapidement pour que le gamin ne reconnût sa mince silhouette, derrière les quenouilles des poiriers. Landry observa la mine désappointée de sa sœur et cria d'un ton gouailleur :

— Dérangez pas... ce n'est que moi!

Landry Fontenac était un garçon mince et pâlot. Malgré sa taille menue, il possédait un aplomb d'homme fait, une adresse de singe, un remarquable talent de grimacier et une face mobile comme celle d'un clown. Un œil rusé et fureteur sous des sourcils clairsemés, un nez effronté, une bouche hardie et goguenarde, un front fuyant, caractérisaient sa petite tête aux cheveux blonds coupés de très près, d'où saillaient deux larges oreilles. Son père, féru d'ornithologie et ayant trouvé que son héritier, par sa turbulence, son agilité et son étourderie, ressemblait fort au traquet, cet oiseau minuscule sans cesse en mouvement, sans cesse voletant et jacassant au-dessus des haies, avait baptisé Landry du nom de ce volatile, et le sobriquet lui était resté.

Dès qu'il se fut installé, en sifflotant, sur la crête du mur, sa sœur lui lança un regard courroucé.

— C'est encore toi, méchant Traquet, qui viens espionner le monde?

— Ma grande sœur, répondit ironiquement Landry, en clignant de l'œil dans la direction du fuyard, qui se sent galeux se gratte ; quand on est en faute, on s'imagine toujours que les gens vous épient ;

mais je te jure que je ne me doutais de rien... Au saut du lit, j'ai entendu le « paternel » qui piétinait dans son laboratoire, et, me doutant qu'il allait m'appeler pour me dicter une page d'histoire naturelle, je me suis cavalé ; j'ai gagné le jardin en catimini et j'ai grimpé à notre observatoire... J'étais bien sûr de t'y trouver... C'est l'heure où mademoiselle donne ses audiences ordinaires !

DÉRANGEZ PAS... CE N'EST QUE MOI !

— Ne t'occupe pas plus de mes affaires que je ne me mêle des tiennes, vilain gosse!

Le Traquet comprit que sa sœur allait se fâcher ; comme il tenait à gagner ses bonnes grâces, il devint tout à coup très câlin, et, se frôlant amicalement contre l'épaule de Clairette :

— Allons, reprit-il, ma mignonne, rentre tes griffes et causons gentiment... A quoi bon nous asticoter nous deux?... on ne rigole déjà pas tant, à Chanteraine, depuis que papa et maman sont séparés.

— A qui la faute? répliqua amèrement mademoiselle Fontenac.

— Je n'en sais rien.

— Moi, je le sais, affirma nettement la grande sœur ; notre pauvre papa n'avait pas tous les torts, et la preuve, c'est que le tribunal nous a confiés à lui, et non à maman.

— Pour ce qui est de mon agrément particulier, je trouve que le tribunal s'est rudement mis le doigt dans l'œil... A Chanteraine, le « paternel » vit comme un hibou et ne s'aperçoit de notre présence que pour nous flanquer des sermonnades. Jamais un plaisir, jamais un spectacle...Tandis que,lorsqu'on va le dimanche en visite chez maman, la maison est gaie ; on nous emmène au Bois en voiture, ou bien en matinée au Palais-Royal... Et quels dîners ! Quand j'y repense, je m'en lèche encore les doigts...

— Oui, déclara dédaigneusement Clairette, tu juges le mérite des gens d'après les satisfactions de ton ventre et les qualités de leur cuisinière.

— D'accord... Je ne pose pas, moi, pour une perfection ; j'aime mes aises et suis du parti de ceux qui me les procurent. En attendant, ajouta-t-il en tirant de sa poche une cigarette fripée, je vais profiter de ce que nous sommes dans l'intimité pour en griller une...

Clairette le regarda allumer lestement sa cigarette et haussa les épaules :

— Tu fumes, maintenant?... Il ne te manquait plus que ça !

— Oh ! il me manque encore bien d'autres choses. Mais, faute de grives, on mange des merles !

Le Traquet resta un moment silencieux, très occupé à faire des ronds avec sa fumée ; puis il reprit, d'un air de jubilation :

— Ma foi ! on est bien, ici !... Moitié à l'ombre et moitié au soleil... Par-dessus le marché, on domine la situation et on se rince l'œil en regardant, sans être vu, les faits et gestes des voisins : ce grigou de Février, occupé à renouveler les billets de ses débiteurs, ou bien madame Alicia Mirouffe en train de se maquiller... Tiens, par la fenêtre ouverte, pige-moi l'ancienne modiste devant sa toilette !... Elle a encore des prétentions, la grosse bonne femme !...

Et elle se noircit le tour des yeux, tout en roucoulant avec sa tourterelle privée... Prrr !... Voilà l'oiseau qui se donne de l'air et file sans permission, et voilà la vieille coquette qui se précipite à la croisée pour rappeler la fugitive... Piaule, ma belle !... Tu perds ton temps. La fuyarde tourterelle a traversé l'avenue et s'est perchée en face, sur le cerisier de Chanteraine... Bouge pas, Clairette !... Dommage que papa ait refusé de m'acheter une carabine... Ça serait un joli coup de fusil !... Bouge pas ! tu vas voir si j'ai le coup d'œil juste...

Il avait pris un caillou dans sa poche et, avant que sa sœur pût dire ouf ! il le lançait dans la direction du cerisier. Le drôle avait, en effet, la main sûre, car la malheureuse tourterelle, atteinte en plein poitrail, tomba pantelante dans un massif.

— Veine ! s'écria le Traquet triomphant, elle a son affaire.

Clairette était d'abord restée abasourdie. L'oiseau ensanglanté eut encore un battement d'ailes, puis ses pattes se raidirent sur la terre humide, ses plumes se hérissèrent et tout fut fini. Les yeux de l'adolescente se mouillèrent et l'indignation lui rendit la parole :

— Brute ! protesta-t-elle, espèce de boucher, idiot !

— De quoi? repartit le Traquet, c'est rudement bien visé.

— C'est sauvage et c'est criminel, continua Clairette outrée ; je le dirai à papa !

La menace n'eut d'autre résultat que d'irriter le délinquant.

— Ne prends pas des airs de pie-grièche, dit-il en se rebiffant ; si tu cafardes auprès du « paternel », je lui raconterai, moi, que tu grimpes sur le mur pour y donner des rendez-vous à Jacques Gerdolle.

— Ça n'est pas vrai ! s'écria la sœur aînée qui, néanmoins, devint cramoisie...

—Pourquoi piques-tu un fard, alors? Tu as un pied de rouge sur la figure... Faut pas me la faire, et j'ai bien vu, tout à l'heure, ton bon ami filer derrière les poiriers, au moment où je touchais la crête du mur... C'est pas d'aujourd'hui que je vous guette, et, quand papa saura que votre intrigue dure depuis le commencement des vacances, nous verrons lequel de nous deux écopera, miss Pimbêche !

Le coup avait porté : Clairette se taisait et demeurait pensive. Alors, le Traquet, voulant se montrer bon prince, continua d'un ton conciliant :

— Grosse bête !... Tu comprends bien que je plaisante et que nous n'avons aucun

En même temps, il grappillait, de-ci et de-là, de longues prunes violettes, dont la peau gercée montrait la pulpe appétissante, couleur d'or.

— Elles sont succulentes ! ajouta-t-il en mordant à même la quoiche juteuse ; allons, ne boude pas contre ton ventre !...

Mais Clairette, bien que la gourmandise fût son péché mignon, détournait la tête et résistait à la tentation.

LE PÈRE GERDOLLE APPARUT, HÉRISSÉ ET FURIEUX.

intérêt à nous *chiner* réciproquement... Faisons la paix !

Il tendait la main à sa sœur, mais celle-ci la repoussait d'un coup de coude. Alors, haussant les épaules et sifflotant, il s'éloigna à chevauchons et atteignit les ramures touffues d'un prunier appartenant au pépiniériste.

— Tiens ! s'exclama-t-il, il y a encore des *quoiches* sur l'arbre du père Gerdolle ; chouette !... l'art à deux, veux-tu ?

— A ton aise ! murmura-t-il.

Sifflant comme un merle, il continuait sa cueillette et remplissait ses poches, quand, au bout de l'allée, une voix rageuse grogna :

— Attendez, vilains drôles, je vous en donnerai, moi, des prunes !...

Et le père Gerdolle apparut, hérissé et furieux.

Clairette, d'un bond, s'était esquivée de l'autre côté du mur. On entendit un

bruit de branches cassées ; puis le Traquet, ébauchant un pied de nez à l'adresse
du pépiniériste, dégringola à son tour et
disparut lestement derrière la clôture du
jardin paternel.

II

L'habitation des Fontenac occupait le
fond d'une courte avenue de platanes,
débouchant sur la route de Choisy à Versailles. Elle se composait d'un pavillon de
briques, à haute toiture d'ardoise, et d'un
jardin fruitier assez vaste. L'aïeul du
propriétaire actuel, un certain Jean Fontenac, maître maçon, avait acquis pour
une bouchée de pain ces dépendances du
château de Bellièvre, vendu, en 1792,
comme bien d'émigrés. Ce lambeau de
l'ancienne seigneurie de Fresnes était
traversé par un bras de la Bièvre qui, au
sortir du moulin de la Croix-de-Berny, se
divisait en plusieurs petits cours d'eau
somnolents, hantés par les grenouilles :
d'où lui était venu, probablement, le nom
de *Chanteraine*. Le premier possesseur
l'avait fort négligé ; mais son fils, Noël
Fontenac, marchand de tableaux et d'antiquités bien connu à l'Hôtel des Ventes,
sous le second Empire, s'était mis en tête
d'en faire sa maison de campagne. Homme
de goût, il restaura artistement ce pavillon délabré, datant de la fin du xvie siècle ;
il y transporta les meubles et les bibelots
choisis parmi les plus belles pièces de ses
collections et, finalement, il s'y retira,
après avoir cédé sa maison de Paris et sa
clientèle. Plus tard, un entrepreneur du
pays avait acheté les terrains en bordure
de l'avenue et y avait construit quatre
petites villas avec jardinets, qu'il louait
à des Parisiens, amoureux de villégiature
à bon marché. Ces bâtisses neuves, d'une
architecture prétentieuse, altéraient désagréablement l'harmonieuse intimité du
décor ; néanmoins, vu à travers la grille
de fer forgé qui fermait le fond de l'avenue, Chanteraine avait encore bon air,
avec son toit aigu, ses épis faîtiers, ses
cheminées sculptées, sa façade aux croi-

sillons délicatement ouvragés et sa cour
pavée, aux encoignures plantées de lau-
riers-tins.

Entre cette cour silencieusement verdoyante et le jardin bien affruité, au
milieu de ses antiquailles favorites, Noël
Fontenac avait savouré le recueillement
des heures de la retraite. Il y mourut subitement en 1871, et la maison resta inoc-
cupée pendant près de cinq ans. Le fils du
collectionneur, Simon Fontenac, retenu
à Paris par ses fonctions de juge, et surtout par l'humeur mondaine de sa jeune
femme, n'y séjourna que rarement. En
fait de villégiature, madame Simon Fontenac, née Gabrielle Cormery, préférait
les bains de mer ou les villes d'eaux, où
elle pouvait montrer ses toilettes tapageuses et fleureter tout à son aise. Elle
dédaignait cette demeure mal avoisinée,
humide, inconfortable, et l'avait en grippe.
Un jour, le magistrat, mis en éveil par une
lettre anonyme, surveilla plus attentivement les allées et venues de la dame, et
acquit la douloureuse certitude qu'il figurait au nombre des maris trompés. Le
délit était flagrant ; mais, avant d'intenter
une action en divorce, Fontenac crut convenable de se démettre de ses fonctions.
Le tribunal donna gain de cause au mari
et lui confia la garde des deux enfants nés
de ce mariage malheureux. L'épouse coupable accepta la sentence des juges et
renonça à plaider en appel, à condition
qu'on lui conduirait, une fois par mois,
son fils et sa fille. Ce fut alors que Simon
Fontenac résolut de s'établir définitive-
ment à Chanteraine.

L'habitation lui plaisait ; il y avait
passé une partie de son enfance et de sa
jeunesse. Elle était, d'ailleurs, suffisamment proche des bois pour satisfaire les
goûts campagnards de l'ancien magistrat,
et assez peu distante de Paris pour que
l'instruction de Landry et de Clairette
n'eût pas à souffrir de la décision paternelle, lorsqu'il deviendrait nécessaire de
leur donner un enseignement plus fort et
plus complet. En attendant, Simon se
proposait de s'occuper personnellement
de leur éducation.

Jamais Fontenac n'avait eu une bien vive sympathie pour sa femme. Il s'était marié par convenance. Dès le début, des divergences de caractère et de goûts avaient insensiblement éloigné les deux époux l'un de l'autre. Studieux, sauvage et casanier, le mari détestait le monde et les sorties du soir ; la femme s'ennuyait au logis et se posait en victime dès qu'elle n'avait pas une partie de plaisir en expectative. Simon était autoritaire, quinteux et cassant ; Gabrielle Cormery, vaniteuse et frivole, manquait de souplesse et regimbait à la moindre observation. Aussi, après sa mésaventure conjugale, Fontenac se trouvait-il plus mortifié qu'endolori ; il souffrait surtout dans son amour-propre, et la trahison de sa femme mettait, dans son cœur, plus de dégoûts que de regrets. Il poussa donc un soupir de soulagement quand son mariage fut légalement dissous, et s'installa à Chanteraine avec joie, se sentant tout réconforté par l'espoir d'élever ses deux enfants à sa guise, d'après certains principes d'éducation qui lui étaient chers.

Au commencement, il aborda sa tâche d'éducateur avec le zèle effervescent d'un néophyte. Malheureusement, ses élèves ne montrèrent pas la même ardeur. Avec Clairette, raisonneuse et d'humeur contredisante, Simon se heurta à des opinions déjà arrêtées et à une agaçante indépendance d'esprit. L'enfant était remarquablement intelligente, mais impulsive, indocile et fantasque; rebelle à tout enseignement purement dogmatique, elle n'acceptait rien de ce qu'on prétendait lui imposer comme article de foi et ne se laissait toucher que lorsqu'on la prenait par le sentiment ou l'imagination. Simon Fontenac, au contraire, n'admettait que l'autorité de la raison et s'irritait de ce qu'on osât discuter ce qu'il appelait la « chose jugée ». L'irrévérente Clairette, sans respect pour des affirmations purement doctrinaires, se plaisait à blaguer les arguments paternels, et réussissait souvent à embarrasser son précepteur. Les rôles se trouvaient ainsi renversés, et la malicieuse enfant en riait sans vergogne.

L'ex-juge avait deux gros défauts : il manquait de patience et ignorait l'art d'envelopper de miel les pilules amères de la science. Il s'emportait, jetait le livre à la tête de l'élève moqueuse et la renvoyait à ses chiffons.

— Les femmes, déclarait-il, sont des créatures incomplètes, incapables de s'assimiler les idées abstraites ; je perdrais mon temps à essayer de meubler de notions sérieuses cette tête folle ; mieux vaudrait démontrer le carré de l'hypoténuse à une chèvre !

Au bout d'un an d'expériences inutiles, il se rebuta, fit venir une institutrice, la chargea de ce rôle de pédagogue où il avait si peu réussi et se borna à s'occuper du seul Landry.

— Avec les garçons, dit-il, il y a toujours de la ressource. Ils sont plus sensés et plus malléables...

Sur ce dernier point, il fut servi à souhait. Landry était souple comme une anguille ; il était rusé comme un renard, et fanfaron autant que les capitaines Fracasses de l'ancien répertoire. Au début de chaque leçon, il se montrait plein d'assurance et promettait monts et merveilles. Tandis que Fontenac s'évertuait à dicter une page de français, à expliquer la règle du *que* retranché ou à démontrer un théorème, le gamin n'écoutait que d'une oreille. Un moineau piaillant dans le jardin, une mouche bleue bourdonnant à la fenêtre, suffisaient à détourner son attention. Alors, il ne songeait plus qu'aux parties de jeu à organiser ou aux bons tours à faire dans le voisinage. Quand le père, encore tout échauffé de sa dissertation, demandait :

— As-tu compris?

— Parbleu ! répondait audacieusement le Traquet.

Mais, le lendemain, la dictée grouillait de fautes, la leçon n'était pas sue, les devoirs étaient bâclés. A travers les portes, on entendait Simon Fontenac crier :

— Tu n'es qu'un âne, un âne bâté !...

Landry baissait sournoisement la tête sous la grêle des reproches et n'en devenait pas plus appliqué. Il tenait de sa mère une vanité de paon, une légèreté de papillon et, par-dessus tout, un amour effréné de plaisirs. Simon Fontenac constatait chaque jour, avec tristesse, les fâcheux effets de cette hérédité maternelle. Comme il était opiniâtre, il ne perdait pas tout espoir de corriger les mauvais instincts de sa progéniture et d'amender ce sol ingrat en y jetant un peu de bonne semence. Néanmoins, il commençait à se décourager et, pour se consoler de ses déconvenues, il s'absorbait de plus en plus dans son étude favorite. Lui aussi, il avait subi l'influence de l'hérédité. Il était devenu collectionneur, comme son père ; mais, au lieu de la manie des bibelots, il avait celle de l'ornithologie. Son cabinet de travail était garni de vitrines renfermant de nombreux échantillons des oiseaux du pays, avec leurs nids et leurs œufs, rangés par espèces. Il étudiait leurs mœurs et employait une partie de ses journées à rédiger, sur des fiches, les résultats de ses observations. Peu à peu, les heures réservées à l'enseignement pédagogique s'accourcissaient au profit des recherches d'histoire naturelle. De plus en plus pressé d'enfourcher son dada, l'ancien magistrat en était venu à se désintéresser des études de Clairette et à supporter philosophiquement les fréquentes écoles buissonnières du Traquet. Il finissait par laisser au frère et à la sœur la bride sur le cou. Il avait, du reste, pour principe qu'il faut préparer de bonne heure les enfants au combat de la vie, par l'habitude d'exercer leur responsabilité à leurs risques et périls. Il s'en remettait à la grondeuse surveillance d'une servante quinquagénaire, nommée Monique, qui, depuis vingt ans, gouvernait le logis, et en laquelle il avait toute confiance. Seulement, Monique, affairée aux besognes du ménage et, d'ailleurs, peu écoutée par ses jeunes maîtres, ne pouvait guère que gémir sur leurs incartades.

De temps en temps, l'ornithologue était désagréablement rappelé à la réalité par l'apparition du Traquet, les vêtements en loques, le nez saignant et l'œil poché, à la suite d'une rixe avec les gamins du village, ou bien par les rapports indignés de Monique sur les équipées garçonnières de Clairette, qui scandalisaient les voisins. Alors, Simon Fontenac avait plus nettement conscience du désarroi jeté dans son intérieur par le divorce. Il se sentait incapable de mener à bien l'éducation de ces deux enfants terribles, auxquels manquait la sollicitude tendre et attentive d'une mère prudente. A la vérité, madame Gabrielle Cormery avait prouvé, par sa conduite, combien elle se souciait peu de ses devoirs maternels. Mais le divorce n'avait nullement amélioré la situation au point de vue de la famille. Au contraire, dans l'état actuel, le remède était peut-être pire que le mal. Ballottés, maintenant, entre un père et une mère ennemis, Clairette et Landry perdaient, de jour en jour, le respect filial et le sentiment de l'autorité. Pendant leurs visites mensuelles et obligatoires chez l'épouse divorcée, ils entendaient madame Gabrielle récriminer violemment contre son ex-mari et le tourner en ridicule. Adroite et astucieuse, elle essayait, à force de cajoleries et de gâteries, de gagner leur affection et de les indisposer contre leur père. Qui sait à quel point elle y réussissait ?... Les enfants revenaient, de leur visite, troublés et peut-être déjà aigris, établissant de pénibles comparaisons entre le joyeux train qu'on menait chez leur mère et la maussaderie du régime paternel. De même que la bile extravasée colore en jaune la peau et les yeux d'un malade, l'amertume de ces constatations déteignait sur Fontenac et lui faisait soudain envisager l'avenir tout en noir.

Il était précisément en ces dispositions mélancoliques, ce matin d'automne où Clairette et le Traquet flânaient, perchés à chevauchons sur le mur du verger. Il songeait que le lendemain, dimanche, Monique devait conduire les enfants chez leur mère, et cette perspective le rendait singulièrement irritable. Pour dissiper sa mauvaise humeur, il avait pris, dans sa bibliothèque, un volume de Buffon, et debout, près de la fenêtre ouverte sur les pelouses du jardin, il feuilletait le chapitre consacré à l'« histoire du merle ». La lumière voilée de la matinée brumeuse éclairait doucement sa tête grisonnante et son corps maigre enveloppé dans une robe de chambre de bure grise.

Simon Fontenac entrait dans sa quarante-sixième année. Petit, fluet et nerveux, comme son fils Landry, il avait

sées voilaient le regard aigu ; les lèvres, attentives et plissées, restaient chagrines, mais devenaient moins agressives.

Peu à peu, Simon, pris par l'attrait du chapitre commencé, oubliait ses soucis et perdait la notion du monde extérieur. Tout à coup, au dehors, le bruit d'une dispute le fit sursauter. Il reconnut, aux intonations criardes des deux voix querelleuses, les auteurs de ce vacarme, jeta avec colère son livre sur une

DRÔLES ! MONTEZ CHACUN DANS VOTRE CHAMBRE.

le teint pâle et légèrement bouffi. Une maigre barbe roussâtre couvrait mal son menton carré et volontaire. Ses yeux, d'un bleu vif, brillaient d'un éclat fiévreux. Le front bombé, le nez court et retroussé, la proéminence de la mâchoire supérieure aux dents pointues, donnaient à son visage un air de dogue rageur. Cependant, l'intérêt de la lecture, en ce moment, atténuait un peu cette expression combative. Les paupières bais-

table, ouvrit brusquement la porte du couloir et aperçut Monique qui s'efforçait de séparer le Traquet et Clairette, en train de se gifler.

— Garnements ! s'écria-t-il exaspéré, vous ne pouvez donc pas rester une minute ensemble sans vous chamailler comme deux geais?...

— Mossieu, protesta énergiquement Monique avec son accent de la Corrèze, ils me font damner... Tâchez d'en venir à bout ; quant à moi, *abernuntio !*...

— Entrez ! ordonna Fontenac.

Quand la porte se fut refermée sur les deux coupables, qui se lançaient encore des regards irrités, le père reprit:

— Drôles ! montez chacun dans votre

chambre. Vous y garderez les arrêts jusqu'à demain dimanche, qui est le jour où vous rendrez visite à votre mère... Tâchez de vous conduire, à Paris, plus correctement et plus décemment qu'ici... Maintenant, allez... On vous portera votre pitance là-haut, car j'en ai assez de vous voir et de vous entendre !...

III

Le lendemain dimanche, Landry et Clairette Fontenac, sous l'escorte de Monique, quittaient la gare du Luxembourg et, à travers le jardin, gagnaient la rue Madame, où habitait leur mère. Tandis que Monique et la jeune fille causaient familièrement, le Traquet se tenait en arrière, comme s'il eût rougi d'être vu en compagnie de cette campagnarde qui, après vingt ans de séjour à Paris, s'obstinait à conserver le costume et la coiffe du Limousin. Le Traquet, précocement préoccupé de l'opinion publique et tout fier de son complet neuf, se souciait peu de cheminer à côté de la rustique et grondeuse servante. Coiffé d'un chapeau rond, maniant négligemment une petite canne à pomme argentée, il suivait une allée latérale, en affectant des airs détachés et indépendants.

Pendant ce temps, Monique adressait à Clairette de minutieuses recommandations :

— Tu sais, ma mie, monsieur Fontenac n'aime pas qu'on jase sur son compte chez madame ta mère... Tâche d'avoir bouche cousue et surveille ton frère, qui a toujours la langue trop longue. La dame est une fine mouche et elle essaiera de vous tirer les vers du nez ; tiens-toi sur tes gardes.

— N'aie pas peur, répondait énergiquement Clairette, je ne dirai que ce que je veux dire.

— Monsieur m'a donné campos jusqu'à ce soir... Je vais dîner chez une payse ; mais, à quatre heures sonnantes, je viendrai vous chercher...

On était arrivé rue Madame, devant le domicile de l'ancienne madame Fontenac. Celle-ci, depuis son divorce, s'était installée dans un petit hôtel, dont elle occupait tout le second étage. Elle avait repris son nom de famille ; seulement, elle y avait ajouté une particule et se faisait appeler, maintenant, « madame de Cormery ».

Dans la cour, on s'arrêta un instant pour attendre le Traquet, qui ne se pressait point ; puis le trio monta au second, et Monique remit les deux enfants aux mains d'une sémillante femme de chambre qui était apparue à son coup de sonnette.

— Voici monsieur et mademoiselle Fontenac, dit sèchement la Limousine. Prévenez votre dame que je monterai ici vers les quatre heures, pour les ramener chez leur père.

Elle pirouetta sur ses talons et redescendit dignement l'escalier, tandis que la soubrette introduisait Clairette et Landry dans la chambre à coucher où leur mère achevait sa toilette.

Madame de Cormery avait trente-cinq ans sonnés. Elle était svelte, mince et souple, avec d'abondants cheveux noirs et de beaux yeux d'un brun velouté. A part ces yeux très séduisants, le reste du visage manquait de charme. Le teint avait perdu sa fraîcheur, le nez retroussé péchait par le dessin, la bouche prenait, au repos, une expression sèche jusqu'à la dureté. Au premier aspect, et surtout quand les gens lui étaient indifférents, la dame semblait peu attirante, presque revêche. Mais, dès qu'elle voulait plaire à quelqu'un, elle devenait tout autre personne. Les prunelles de velours se faisaient douces, prometteuses et caressantes ; de luisants sourires découvraient des dents très blanches et atténuaient la sécheresse des lèvres ; le corps flexible ondulait avec des grâces félines ; la voix mordante trouvait les accents d'une câlinerie enjôleuse. Telle fut la transformation qui s'opéra lors de l'entrée de Clairette et de Landry. L'instant d'avant, madame Gabrielle, enveloppée dans une soyeuse robe de maison aux plis amples, se tenait devant son armoire à glace, s'y contemplait d'un œil dur et gourmandait rudement la femme de chambre, trop lente à la servir. A la vue des nouveaux venus, elle se retourna, les traits détendus, broisine de soigner son entremets... Il est midi, et vous devez mourir de besoin mes adorés !

— Je te crois, répliqua le Traquet, j'ai l'estomac dans mes bottines !

ET TOI, MA CHÉRIE, AS-TU ÉGALEMENT L'APPÉTIT OUVERT ?

et entoura les deux enfants de ses bras assouplis.

— Enfin, vous voici, mes mignons, roucoula-t-elle en les embrassant, je languissais après vous et ce mois m'a paru un siècle... Lucie, allez voir si le déjeuner sera bientôt prêt et recommandez à Am-

— Et toi, ma chérie, demanda madame de Cormery à Clairette, as-tu également l'appétit ouvert ?

— Non, maman, répondit froidement l'adolescente, nous avons pris une bonne tasse de chocolat avant de partir, et Landry exagère.

— Voyons, tourne-toi un peu, reprit madame Gabrielle avec une intonation légèrement acide, comme tu es fagotée, mon enfant !... Ton corsage t'engonce et cette jupe noire, trop longue, te vieillit !

— J'aime le noir, repartit brièvement Clairette, et je ne suis plus d'âge à porter des jupes courtes.

— Toi, Landry, continuait la mère en examinant le garçon des pieds à la tête, tu ne pèches pas par excès d'élégance... Quand ton père se décidera-t-il à ne plus te faire accoutrer par un tailleur de village?... Ah ! mes pauvres enfants, comme on s'aperçoit qu'une mère dévouée et tendre n'est plus là pour s'occuper de votre toilette !

L'adroite personne venait de prendre le Traquet par son faible : la vanité ; aussi, s'empressa-t-il d'insinuer, de son air le plus aimable :

— Tu sais, m'man, si tu veux me payer un autre costume plus chic, faut pas te gêner...

— Eh bien ! la semaine prochaine, si on m'y autorise, je te conduirai chez un tailleur à la mode... Je vais écrire, à ce sujet, à ton père... En même temps, je lui demanderai la permission de faire habiller Clairette par ma couturière...

— Inutile, maman, déclara nettement Clairette, j'ai horreur d'être serrée dans des vêtements ajustés, et ma couturière habituelle me suffit.

— Quel verjus que cette petite ! s'écria Gabrielle vexée... On dirait, ma parole, qu'elle a honte d'accepter quelque chose de moi...

— Non, maman, je suis désolée de te froisser par un refus ; mais je tiens également à ne point froisser papa...

— C'est bien, je vois que ton père t'a fait la leçon avant de partir...

Cette conversation fut heureusement interrompue par l'entrée de la femme de chambre annonçant que le déjeuner était servi. On passa à la salle à manger. Madame de Cormery s'assit entre ses deux enfants, qu'elle rapprocha d'elle avec une étreinte de la main, un geste théâtral de poule couveuse qui veut rassembler ses poussins sous ses ailes. La table était coquettement dressée et, ainsi que la maîtresse du logis l'avait recommandé, le menu était, à la fois, copieux et délicat. Fortement portée sur sa bouche, Gabrielle s'imaginait qu'on gagne plus facilement le cœur des gens, et surtout celui des enfants, en flattant leur instinct de gourmandise. Cela lui réussissait toujours avec Landry, qui aimait la bonne chère et dévorait comme un *allouvi* ; mais Clairette se montrait plus rebelle. Encore qu'elle fût naturellement friande, elle boudait contre son ventre et s'efforçait d'observer une prudente réserve, tout en surveillant de l'œil les agissements de son frère. Celui-ci, émoustillé par la bonne chère et par certain petit vin blanc dont il buvait à discrétion, cherchait à capter la bienveillance de madame de Cormery, en flattant ses goûts et ses rancunes. Il avait deviné que le meilleur moyen de se faire bien venir de sa mère était de se poser en victime du despotisme paternel. Malgré les coups de pieds distribués sous la table, en guise d'avertissement, par Clairette, il répondait, avec sa jactance coutumière, aux insidieuses questions posées par madame Gabrielle. Celle-ci, enchantée de satisfaire sa curiosité maligne et de trouver un prétexte à dauber sur M. Fontenac, faisait traîner le déjeuner en longueur. On en était encore au dessert, quand Lucie annonça M. de la Guêpie, et, presque derrière elle, le visiteur pénétra familièrement dans la salle à manger, avec le sans-gêne d'un ami de la maison.

Ami de la maison, Armand de la Guêpie l'était, en effet, depuis longtemps. On l'y recevait déjà à ce titre, avant la dissolution du mariage : même, Simon Fontenac avait eu d'excellentes raisons de penser que cette amitié dépassait les limites permises, et le tribunal avait partagé son avis, puisque le jugement prononçant le divorce visait implicitement le trouble apporté dans le domicile conjugal par les fréquentations trop intimes de cet indiscret ami. Après la rupture, M. de la Guêpie avait continué ses relations familières avec l'épouse divorcée, dont il restait le cavalier servant et le conseiller.

C'était un homme d'une quarantaine d'années, aux traits fins et fanés, à la tournure élégante et désinvolte. L'âge et peut-être aussi une jeunesse trop orageuse l'avaient un peu dévasté : les cheveux devenaient rares, les paupières se fripaient, des rides précoces laissaient la trace de leurs griffes sur le front intelligent ; mais il avait l'art de déguiser ce déchet par un soin minutieux de sa personne et une tenue impeccable. Une raie habilement disposée séparait en deux les touffes subsistantes des cheveux poivre et sel, frisés au petit fer ; les yeux gris-bleu jetaient des lueurs juvéniles et hardies ; le nez mince, en bec d'aigle, surmontait une moustache blonde effilée et retroussée ; la bouche, encore bien meublée, souriait complaisamment avec un rien de fatuité ; la barbe en pointe, également blonde et discrètement teinte, achevait de caractériser cette physionomie très parisienne. Il était mis à la dernière mode, et sa taille, demeurée svelte, semblait serrée dans un corset. Très lancé, tout à fait « dans le train », membre de plusieurs cercles haut cotés, La Guêpie vivait sur le pied d'une trentaine de mille francs de rentes, sans qu'on sût au juste d'où il tirait ses ressources. Dans le monde un peu mêlé où il fréquentait, il passait pour un savant amateur d'art, pour un connaisseur très documenté en matière de bibelots rares et précieux ; on vantait ses collections de tableaux, de bijoux, d'objets d'orfèvrerie du XIVe et du XVe siècle. Il était, en effet, doué d'un goût sûr et d'un flair admirable. Il ne manquait pas une belle vente de l'Hôtel Drouot, et on le savait en relations avec les plus célèbres marchands de curiosités de Londres, de Paris, d'Amsterdam. De temps en temps, pour complaire à un ami ou à un amateur riche, il se séparait avec peine, et pour un gros prix, d'une des « merveilles » de sa galerie ou de ses vitrines. L'heureux acquéreur de cette rareté se consolait d'avoir payé la forte somme en disant à ses familiers :

— Cela sort de la collection La Guêpie.

Quant au vendeur, il faisait publier la vente dans les journaux d'art de la France et de l'étranger, et, tout en empochant l'argent, il semblait inconsolable du sacrifice consenti ; ses amis le plaignaient et le glorifiaient ; mais ses ennemis ou ses

ARMAND DE LA GUÊPIE.

envieux prétendaient que ces fructueuses opérations, effectuées au moment opportun, constituaient le plus clair des revenus de l'adroit collectionneur.

Armand de la Guêpie, après avoir galamment baisé la main de la maîtresse du logis, s'écria d'une voix claironnante :

— Ha ! ha ! j'arrive au beau milieu

d'une fête de famille... Vous devez être bien contente, chère amie? Moi aussi, ce spectacle me ravit, et c'est pour partager votre joie que j'ai avancé l'heure de ma visite...

Il se tourna vers le Traquet, qui se bourrait de petits fours glacés, et caressa, du plat de sa main dégantée, la tête rasée du gamin.

montrer ça tout de suite, n'est-ce pas, m'sieu de la Guêpie?

Madame de Cormery et Clairette s'étaient levées pour retourner au salon ; le Traquet en profita pour suivre La Guêpie dans l'antichambre. Celui-ci déficela une boîte oblongue et en tira une jolie carabine Lefaucheux, à la crosse garnie d'argent, légère comme un joujou de salon et dont le double canon d'acier jetait de bleus éclairs dans la pénombre. Landry restait muet d'admiration. A la fin, il dit d'une voix étranglée par la surprise :

— Veine !... Et à deux coups, encore !... C'était justement ce que je désirais.

Sa figure s'illuminait et il ne quittait plus la carabine ; il la transporta triomphalement dans le salon :

— Vois, maman, le beau cadeau de monsieur de la Guêpie !

— Il te gâte... L'as-tu remercié, au moins? demanda madame Gabrielle.

Landry, sans lâcher son arme, revint vers le donateur et dit en l'embrassant :

LA GUÊPIE AVAIT ATTIRÉ LE TRAQUET...

— Bonjour, mon jeune ami, poursuivit-il : enchanté de vous trouver en bonnes dispositions... Je n'ai pas oublié ma promesse du mois dernier, et j'ai laissé pour vous, dans l'antichambre, un modeste cadeau...

Les yeux de Landry s'écarquillèrent et, avalant hâtivement sa dernière bouchée :

— Vrai? s'écria-t-il, vous allez me

— Vous êtes un chic type, vous, et je vous aime bien !

La Guêpie avait attiré le Traquet vers un fauteuil où il s'assit à l'écart, et, tout en lissant les pointes de sa moustache, il murmura :

— Le cadeau n'est pas bien riche, mais il est pratique... Je suis content qu'il vous fasse plaisir... Ce n'est pas grand'-

chose, auprès des armes curieuses et des objets rares qui doivent orner le cabinet de monsieur votre père... Dites-moi, monsieur Fontenac a-t-il conservé les collectons d'antiquités qui provenaient de votre grand-père?

— Des antiquités? répondit Landry irrévérencieusement. Oh! là là, c'est ça qui m'est égal!... En fait de vieilleries, nous avons Monique, notre servante... Quant au « paternel », il ne collectionne que des oiseaux, et ça n'est pas rigolo!

La Guêpie ébaucha une moue peu satisfaite, et, voyant qu'il n'y avait rien à tirer du frère, il se rabattit sur la sœur, qui restait silencieuse près de madame de Cormery.

— Et vous, mademoiselle, commença-t-il, ne désirez-vous point aussi quelque bagatelle?... Je serais heureux de saisir cette occasion de vous être agréable.

La figure de Clairette s'assombrit. La Guêpie lui était antipathique. Les scènes de famille au moment du divorce, les récriminations entendues aussi bien à Chanteraine que rue Madame, lui avaient précocement ouvert l'intelligence, et elle savait à quoi s'en tenir sur le rôle équivoque joué par le bel Armand dans cette tragédie domestique. Elle jeta un regard noir à son interlocuteur et repartit :

—Merci, monsieur, je ne désire rien.

Mais l'ami de madame Gabrielle ne se démontait pas facilement.

— Comment, insista-t-il en devenant lyrique, pas une fantaisie, pas le moindre caprice dans cette charmante tête?... On doit pourtant aimer les bijoux, à votre âge, et jolie comme vous l'êtes!...

En même temps, il frôlait, d'une main enhardie, le lourd chignon de l'adolescente et ajoutait, avec un sourire avantageux :

— Quels cheveux épais! Ils sont tous bien à vous?

Cette inconvenante privauté exaspéra Clairette. Elle eut un mouvement de répulsion, se recula, et, jetant une œillade dédaigneuse sur le crâne clairsemé de l'an-

cien beau, elle riposta avec sa rudesse garçonnière :

— Ne vous occupez pas de mes cheveux... En tout cas, pour les épaissir, je ne vous en ai pas pris des vôtres !

Il se mordit les lèvres et murmura, en ricanant :

— Vous n'êtes pas aimable, ce soir.

— Laissez-la donc ! reprit madame de Cormery, irritée, c'est un fagot d'épines. Vous voyez les fruits de l'éducation qu'elle reçoit à Chanteraine... Du reste, elle ressemble à son père, et vous pouvez juger de ce que j'ai eu à souffrir avec un bourru de cette espèce... hargneux, quinteux, bizarre et sottement ombrageux !...

Clairette écoutait cette sortie avec indignation. Ses narines dilatées se gonflaient, ses yeux noirs jetaient des éclairs. Elle se leva et, tapant du pied, elle déclara :

— Je ne souffrirai pas qu'on parle mal de mon père devant moi, et je te préviens, maman, que je ne remettrai plus les pieds chez toi si tu continues à déblatérer contre lui...

— Et moi, je te prie d'être plus respectueuse avec ta mère ! Je ne tolérerai pas tes façons de fille mal élevée ! s'écria madame Gabrielle, en se levant à son tour.

— Allons, Clairette, insinua Landry d'un ton de conciliation, fais pas de *chichi*. Ne t'enlève pas comme une soupe au lait !

Les observations du Traquet ne réussirent qu'à accroître la colère de Clairette :

— Tais-toi, dit-elle, rageuse, tu n'es qu'un lâche, tais-toi, tu me dégoûtes !...

La querelle menaçait de s'envenimer encore, lorsque la femme de chambre annonça que Monique était dans l'antichambre et réclamait les enfants. Clairette sortit tumultueusement sans prendre congé. Quant à Landry, ménager de chèvre et de chou, il se laissa embrasser par sa mère, tendit la main à M. de la Guêpie, et, enveloppant précieusement la carabine dans son étui de laine verte, murmura, en manière d'excuse :

— Faut pas lui en vouloir, vous savez, elle est un peu *maboule* !...

IV

Ce même dimanche, lorsque Simon Fontenac vit, à dix heures du matin, ses deux « geais » partir pour Paris en compagnie de Monique, il ne put s'empêcher de pousser un soupir de soulagement. Ce voyage mensuel lui assurait une tranquillité parfaite pendant une bonne partie de la journée, et il se promit de la mettre à profit pour commencer la lecture des *Oiseaux chanteurs*, des frères Müller. La prévoyante et consciencieuse Limousine lui avait servi un déjeuner froid dans la salle à manger. Il installa, sur la nappe, le livre broché. Tout en avalant une tranche de pâté, une salade aux œufs durs, une poire fondante de son verger, il s'interrompait pour couper les feuillets vierges de l'ouvrage. Après avoir préparé lui-même et dégusté le café bouillant au sortir de la cafetière russe, il mit sous son bras les *Oiseaux chanteurs* et fit, dans le jardin, une courte promenade hygiénique. Sous le ciel de septembre, pommelé de légers nuages blancs, on respirait le souffle tiède de l'automne ; des haleines de pétunias montaient mollement d'une corbeille qu'ombrageait un robuste cerisier aux feuilles déjà rougissantes ; les angélus de midi tintaient aux églises des villages prochains et leurs notes argentines se croisaient dans l'air assoupi. Il y avait, dans la quiétude ambiante, comme une invitation à l'étude et à la méditation.

« Quelle chance, songeait Fontenac, d'avoir à soi cet après-midi de dimanche, pour lire et prendre des notes, sans l'appréhension d'être dérangé... »

Il rentra dans son « laboratoire », s'installa commodément dans un fauteuil et étala, sur sa table, le livre des *Oiseaux chanteurs*. Mais il avait à peine tourné les premières pages que la cloche de la grille carillonna et le fit sursauter. Des pas traînants grincèrent sur le sable ; la tête de Firmin, le jardinier, s'encadra dans la baie de la fenêtre ouverte.

— Monsieur, dit-il, c'est notre voisin, monsieur Gerdolle, qui demande à vous parler.

Le pépiniériste Gerdolle était le collègue de Fontenac au Conseil municipal de Fresnes. La première pensée de l'ancien magistrat fut d'envoyer le fâcheux à tous les diables ; puis, il réfléchit que le pépiniériste venait, sans doute, l'entretenir de quelque affaire communale et qu'on risquerait une brouille en lui défendant la porte. Il rejeta son livre avec un mouvement d'humeur et répondit en maugréant :

— C'est bon, priez-le d'entrer...

Une demi-minute après, la porte du laboratoire livrait passage au visiteur.

Cyrille Gerdolle avait, à peu près, l'âge de Fontenac. C'était un petit homme trapu, hirsute et rageur. Avec ses sourcils broussailleux, sa barbe mal plantée, sa bouche maussade et ses yeux roux méfiants, il réalisait à merveille le type du « Paysan du Danube ». Son caractère ombrageux et agressif, son esprit de contradiction, ses interpellations pareilles à des aboiements de dogue, terrorisaient le Conseil municipal, où il représentait le parti radical socialiste.

Il s'arrêta à quelques pas de la porte refermée par le jardinier, eta sur un meuble son feutre gris cabossé, et grogna :

— Je vous salue bien, monsieur Fontenac !

— Bonjour, mon cher collègue, répondit distraitement Simon. Quoi de nouveau au Conseil?... J'ai eu le regret de ne pouvoir assister à la dernière séance...

— Pardon, interrompit le pépiniériste, je ne viens pas vous parler des affaires municipales ; je sais d'avance que nous ne nous entendrions pas sur ce chapitre-là... Non, au jour d'aujourd'hui, c'est une plainte personnelle que j'ai à vous adresser...

— Une plainte?... A propos de quoi?...

— A propos de vos deux enfants, qui ont le diable au corps... Ils passent des journées sur le mur qui sépare nos propriétés... Ils y mettent tout à sac et se moquent de moi, par-dessus le marché !...

Encore vexé d'avoir été troublé dans

sa lecture, Simon Fontenac n'était pas d'humeur endurante, et il répliqua d'un ton impatient :

— Permettez !... Le mur n'est point mitoyen, n'est-ce pas ?... Il m'appartient en entier, ainsi que l'établit la disposition du chaperon, qui tombe de mon côté...

— Beaux principes !... Ils profitent de leur liberté en dévastant mes pruniers... Pourtant, vous qui êtes à cheval sur la loi, vous n'ignorez pas que les parents sont responsables des méfaits de leur progéniture...

— Il suffit, monsieur, déclara l'ancien

C'EST NOTRE VOISIN, MONSIEUR GERDOLLE, QUI DEMANDE A VOUS PARLER.

— Le mur vous appartient, possible... Mais ce n'est pas une raison pour que vos enfants en fassent un lieu de promenade et de vagabondage, aux dépens des voisins.

— Mon cher monsieur, reprit sèchement Simon, je ne me mêle pas des divertissements de mes enfants ; je les ai élevés à agir librement, à leurs risques et périls...

juge en se levant : si Landry et Clairette ont commis quelque acte répréhensible, je les interrogerai à leur retour et je saurai les punir, au besoin, de leurs fredaines.

— Voler mes quoiches, vous appelez ça une fredaine !... s'écria le pépiniériste furieux ; vous avez la manche large !... En tout cas, si le pillage de mes pruniers vous laisse indifférent, peut-être serez-vous plus touché en apprenant comment se conduit votre demoiselle !

— Qu'entendez-vous par cette insinuation ? interrogea sévèrement Fontenac.

— J'entends que mademoiselle Clairette est fort avancée pour son âge et

A BON ENTENDEUR, SALUT !

qu'elle est très tendre avec mon garçon... Je vous en avertis charitablement pour votre gouverne... Quant à moi, je m'en soucie peu et je ne suis en peine de mon gars : je me contente de vous rappeler le proverbe : «Gare à vos poules, mon coq est lâché !...»

Il ramassa son feutre gris, pirouetta sur ses talons et ajouta d'un ton goguenard, en saisissant le bouton de la porte :

— A bon entendeur, salut ! monsieur Fontenac, tant pis pour vous si les choses tournent mal...

Il s'esquiva là-dessus, laissant son interlocuteur tout rêveur et quinaud. Simon était maintenant trop agité pour continuer sa lecture avec fruit. Ce coup de boutoir, lancé au départ par le pépiniériste, l'avait blessé à l'endroit sensible. Le fait signalé par Cyrille Gerdolle corroborait de vagues accusations déjà recueillies et rapportées par Monique. L'ancien juge arpentait nerveusement son cabinet de travail ; il constatait de nouveau, avec une plus cruelle déception, que les enfants ne ressemblent ni aux plantes ni aux oiseaux des bois, qu'il ne suffit pas pour les élever, de les laisser pousser à la bonne aventure, et qu'en ce qui concerne les filles surtout, la sollicitude d'une mère tendre et prudente est impossible à remplacer.

« Mais, songeait-il tristement, pour que cette surveillance maternelle soit efficace, elle doit être exercée par une femme dévouée, pourvue de qualités morales solides, et tel n'était point le cas de madame Gabrielle Cormery... En somme, le divorce n'a remédié à rien, et je me trouve acculé à une impasse... »

Tandis qu'il ruminait ces pénibles réflexions, un discret coup de sonnette tinta derechef à la grille, et le jardinier reparut sur le seuil du cabinet.

— Qu'est-ce encore ? demanda l'ornithologue.

— Madame Mirouffle désire avoir un entretien avec monsieur.

— Mirouffle ?... Connais pas.

— C'est la dame qui habite le premier pavillon à main gauche.

— Tous les gens du pays se sont donc donné rendez-vous pour me déranger !... Enfin !... Introduisez-la...

Madame Mirouffle fit son entrée. Simon vit s'avancer une dame entre deux âges, de taille moyenne, replète, mais encore agréable à contempler, malgré un embonpoint envahissant. Les yeux bruns, notamment, gardaient une limpidité lumineuse et une flamme provocante ; la bouche, petite, découvrait en souriant des dents très blanches. Les traits avaient été jolis, mais ils s'empâtaient, et un maquillage habile ne dissimulait qu'imparfaitement la fanure du teint. Les cheveux paraissaient trop noirs pour que leur couleur fût naturelle. Sanglé dans son corset, elle s'était mise en frais de toilette. Une blouse de soie rouge enveloppait les opulents contours du buste ; une jupe de satin noir à longs plis la grandissait ; un chapeau de paille, empanaché de plumes cramoisies, sortait de chez la bonne faiseuse et la coiffait très artistement. Elle avait la tournure jeune, et cette assurance, ces mines aguichantes, qui restent comme une marque professionnelle chez les femmes dont la jeunesse s'est passée à galantiser. Elle possédait aussi les mignardes façons, l'aménité un peu banale, l'obséquiosité câline, particulières aux commerçantes parisiennes. En effet, elle avait tenu pendant vingt ans, sur la rive gauche, un magasin de modes fort achalandé, et elle s'était retirée depuis un an, après fortune faite. Prise d'une toquade pour la campagne, elle avait acheté l'un des pavillons de l'avenue de Chanteraine ; elle vivait en compagnie d'une fillette de quinze ans, qu'elle nommait sa « nièce ». Elle se disait veuve ; mais personne n'avait jamais connu M. Mirouﬂe.

— Prenez la peine de vous asseoir, madame, murmura Fontenac après avoir salué froidement la nouvelle venue, et veuillez m'apprendre ce qui me vaut l'honneur de votre visite.

Madame Mirouﬂe se jeta dans un fauteuil, abattit du doigt les plis de sa jupe, puis, dépliant un éventail de poche et l'agitant devant ses joues poudrerizées :

— Monsieur, commença-t-elle d'une voix embobelineuse, pardonnez ma démarche, qui peut vous sembler incorrecte de la part d'une étrangère... Nous sommes voisins, car j'habite tout près de vous...

— Oui, madame, je sais...

— Permettez-moi, en ce cas, de me présenter moi-même... Madame Alicia Mirouﬂe, ancienne propriétaire de la maison Alicia et Cie : « Modes et Confections »... Le magasin fait le coin de la rue du Dragon et du boulevard Saint-Germain, et vous devez le connaître...

— Parfaitement, répondit Fontenac avec le soupir mélancolique d'un homme qui avait réglé plus d'une facture portant l'en-tête de la maison « Alicia et Cie... » Mais cela ne m'indique pas le motif de votre démarche...

— Je vais vous le dire, monsieur... A condition, ajouta l'ancienne modiste en minaudant, que vous me promettrez de ne pas vous moquer de moi... J'ai, ou plutôt j'avais, un oiseau dont je raffole... Une tourterelle... Une jolie bête, très bien apprivoisée et à laquelle je suis particulièrement attachée, parce qu'elle me vient de mon pauvre mari, Il me l'avait apportée le jour de ma fête, quelques mois seulement avant de mourir. La chère mignonne me rappelle mon bon temps et un excellent homme, qui m'a beaucoup aimée. Figurez-vous que, depuis hier, ma tourterelle a disparu. Sa fuite m'a tourné les sangs ; ce matin, des voisins m'ont affirmé qu'elle s'était envolée dans votre clos, et je vous supplie de m'autoriser à la chercher sous vos arbres ; quand elle me verra, bien sûr qu'elle reviendra se percher sur mon épaule, comme elle en a l'habitude...

— C'est entendu, madame, répondit laconiquement Simon...

Il sonna Firmin et lui ordonna de conduire la dame au jardin, et de l'aider dans ses recherches. Celle-ci, après avoir prodigué ses remerciements et ses révérences, s'éloigna sous l'escorte du jardinier. L'ornithologue était resté près de la fenêtre, regardant machinalement le corsage rouge de madame Alicia paraître, disparaître, puis se remontrer entre les verdures. En même temps, il entendait la voix flûtée de la modiste en train d'appeler la fugitive : « Bébelle ! Bébelle ! » Mais Bébelle ne donnait aucun signe de sa présence. Au bout d'un grand quart d'heure, madame Mirouﬂe, lasse et en-

PERMETTEZ-MOI DE ME PRÉSENTER MOI-MÊME...

rouée, surgit d'un massif. Comme elle passait devant la fenêtre, Fontenac s'informa.

— Hélas ! monsieur, gémit Alicia, elle ne m'a pas répondu et j'en suis pour ma peine... Enfin, ajouta-t-elle avec un sourire sur ses lèvres peintes et une flamme dans l'œil, à quelque chose malheur est bon, puisque cela m'aura valu l'avantage de faire la connaissance d'un aimable voisin...

— Ne vous désolez pas, répliqua poliment l'ancien juge, mon jardinier continuera les recherches, et, s'il y a du nouveau, il vous en avertira... Vous entendez, Firmin ; reconduisez madame...

Il se renfonça dans son laboratoire et reprit sa lecture. Une bonne heure s'écoula dans un parfait recueillement, puis la silhouette du jardinier se profila dans l'embrasure de la fenêtre. Il tenait l'une de ses mains dans la poche de son tablier de toile bleue et souriait d'un air mystérieux.

— Comment?... Encore ! s'écria Simon, furieux.

— Pardon !... J'apporte quelque chose à monsieur... C'est pas étonnant, continua-t-il, goguenard, si la tourterelle ne répondait pas aux *vipements* de la grosse dame... La pauvre bête était morte... Je viens de trouver son corps sous une trochée de fusains...

Il tira de son tablier l'oiseau aux plumes ébouriffées et au bec pendant.

— Elle a déjà des fourmis sur le corps, ajouta-t-il en tendant la bête à son maître, et le coup a dû être fait dès hier...

Fontenac, examinant curieusement le petit cadavre, remarqua, au milieu du poitrail, une place où les plumes manquaient et où apparaissait une éraflure sanguinolente.

— Elle n'est pas morte d'une balle, murmura-t-il, elle a dû être assommée par une pierre...

Tandis que Firmin se retirait, il revint à son bureau, y jeta la tourterelle, se rassit et demeura pensif, le front barré par un pli chagrin.

S'apitoyait-il sur la mort violente de cette inoffensive bestiole qui égayait seule la solitude de madame Alicia? Faisait-il un retour sur lui-même et sentait-il avec une recrudescente tristesse son propre esseulement? Ou bien, repris par les habitudes de son ancien métier de juge instructeur, se demandait-il quel pouvait être le meurtrier de la tourterelle?

Dans le « laboratoire » assombri, un profond silence régnait ; le jardin également demeurait assoupi dans son recueillement dominical. Le soleil couchant commença de teinter de pourpre les hautes branches des marronniers. Un rouge-gorge modula sa courte et délicate mélodie, comme un adieu du soir au verger... Soudain, des voix tapageuses résonnèrent dans le couloir et réveillèrent la maison endormie...

C'était Landry et Clairette que Monique ramenait.

V

Les enfants firent bruyamment invasion dans le cabinet de travail. Clairette qui était fort démonstrative à ses heures et que les paroles offensantes entendues chez madame de Cormery rendaient plus tendrement expansive envers son père, sauta impétueusement au cou de Fontenac.

— Oh ! papa, s'écria-t-elle, que j'ai trouvé le temps long et comme j'avais hâte de te revoir !

A la grande mortification de l'adolescente, Simon Fontenac détourna la tête pour se dérober à ses caresses, et, dénouant les bras de Clairette, il la repoussa d'un geste irrité.

— Un instant, mademoiselle, grogna-t-il, nous avons d'abord un compte à régler...

Tandis que Clairette, stupéfiée, le regardait avec inquiétude, il aperçut Landry très affairé à enlever l'étui de laine qui enveloppait la carabine.

— Qu'est-ce que c'est que cet engin? interrogea-t-il brusquement...

— Ça, répondit allègrement le Traquet, c'est un fusil de chasse qu'on m'a donné.

— Ha !... Je t'avais pourtant défendu de rien accepter de ta mère.

— D'abord, répliqua le gamin avec son aplomb coutumier, la carabine ne vient pas de maman. C'est un cadeau de mon ami, monsieur de la Guêpie...

En entendant ce nom, Fontenac eut un haut-le-corps, et ses lèvres, se retroussant de façon à montrer les dents pointues, ébauchèrent une grimace de dogue irrité. Sans se démonter, Landry, recourant à ses expédients de flatterie enjôleuse, poursuivit :

— Et si j'ai accepté le cadeau, c'est que je voulais te rend e service, en tuant des oiseaux pour ta collection... Avec des pierres, tu sais, on manque trop souvent son coup !

Dans le cerveau de l'ornithologue, il y eut soudain une flambée de lumière qui changea ses soupçons en certitude... Ses yeux bleu d'acier devinrent phosphorescents. Il prit, sur son bureau, le petit cadavre ébouriffé, se leva et le mit sous le nez de Landry, qui reculait, décontenancé et mal à l'aise :

— Drôle, c'est toi qui as tué cette tourterelle ?

— Quand ce serait moi, confessa à demi le Traquet en reculant toujours avec précaution... Ben, quoi ?...

— Meurtrier ! lâche !... Tu n'as pas honte ?

— En v'là des affaires !.. Est-ce que tu as honte, toi, d'étrangler des oiseaux et de les empailler après ?

— Impudent vaurien !... Moi, d'abord, c'est dans l'intérêt de la science ; et puis, je ne massacre pas les oiseaux des voisins... La tourterelle appartenait à madame Alicia !

Landry s'était prudemment remparé derrière un fauteuil. Là, il se sentait à l'abri des coups, et, la réflexion lui venant avec la sécurité, il songea que, seule, Clairette connaissait la provenance du volatile et les détails du meurtre. Il lança un regard hostile à sa sœur, et, la menaçant du doigt :

— Ah ! sainte nitouche, grommela-t-il furieux, c'est toi qui m'as mouchardé !... Eh bien ! tant pis, je vendrai aussi le morceau. Je dirai à papa que tu cours après Jacques Gerdolle et que, tous les matins, tu grimpes sur le mur pour causer avec ton galant !...

Interdite, Clairette n'eut pas la force de protester et devint rouge comme un coquelicot. Alors, la diversion espérée par le Traquet se produisit. Hors de lui, les lèvres crispées, M. Fontenac tourna toute sa colère sur la sœur aînée.

— Ainsi, dit-il d'une voix blanche, ce qu'on m'a conté était vrai !... J'ai une fille qui pousse le dévergondage jusqu'à nouer une intrigue avec le premier garçon venu !... Mes compliments, mademoiselle, vous êtes précoce pour votre âge !... Mes compliments aussi sur votre choix... Jacques Gerdolle, le fils d'un énergumène mal pensant et mal embouché !... Ah ! j'ai de la chance, avec mes enfants !

— Papa, balbutia Clairette, les choses ne se sont pas passées comme le prétend le Traquet... Il a menti !

— Ah ! j'ai menti ! protesta son frère... T'en as, un toupet !... Pas plus tard qu'hier matin, je vous ai surpris ensemble, en train de roucouler... Ose donc le nier, ma belle !

— Silence, tous les deux ! commanda Simon, exaspéré.

Les bras croisés, il arpenta rageusement la largeur de la pièce ; puis, se campant devant les coupables :

— Vous ne valez pas mieux l'un que l'autre, reprit-il, et vous avez tous les défauts, tous les mauvais instincts de votre pauvre mère... Vous êtes paresseux, menteurs, indisciplinés, dépourvus de sens moral... Quand les animaux sont vicieux, on les entrave et on les fouaille ; mais je n'ai ni le courage ni la patience nécessaires pour vous administrer moi-même la correction. Puisque ma bonne volonté est impuissante, je chargerai des étrangers de vous ramener au bien, si c'est possible... A la rentrée d'octobre j'internerai Landry au lycée Lakanal... Quant à vous, mademoiselle, je trouverai, dans les environs, un couvent où vous serez à l'abri des tentations de vagabondage... J'ai dit... Sortez !

VI

Édifié, maintenant, sur le meurtre de la tourterelle et connaissant le coupable, démarche personnelle auprès de madame Alicia, afin de lui présenter ses excuses et de lui offrir une juste indemnité. Cette visite lui était pénible, car elle mortifiait son amour-propre, et, en outre, il se souciait peu d'entrer de nouveau en relations avec la dame. Néanmoins, comme il se piquait de correction et vou-

C'EST TOI QUI AS TUÉ CETTE TOURTERELLE ?

Simon Fontenac fut pris de scrupules. Il avait promis de tenir l'ancienne modiste au courant des recherches effectuées par le jardinier. Le résultat de l'enquête était piteux et engageait sa responsabilité. En droit strict, il se sentait obligé à une lait observer les convenances, il résolut de s'exécuter.

Le lendemain donc, dans l'après-midi, ayant fait un brin de toilette, il se dirigea vers la villa occupée par madame Mirou-lle. Sur l'un des jambages de la porte grillée, une plaque de marbre était encastrée et on y lisait, gravé en lettres d'or sur fond noir : « Mon Désir ». Fontenac sonna. Une petite servante, aux cheveux mal peignés, vint ouvrir, et il se trouva dans un jardinet où deux tonnelles, enguirlandées de vigne vierge et de clématites, flanquaient une pelouse ovale, ornée de massifs de dahlias. Au milieu de ce gazon tondu à ras, un mince jet d'eau retombait, avec un bruit monotone, dans un bassin où languissaient de maigres poissons rouges.

Aux questions posées par Simon, qui avait remis sa carte, la servante mal peignée répondit que madame était au logis. Après quoi elle introduisit le visiteur dans le salon et annonça qu'elle allait prévenir sa maîtresse.

Fontenac, resté seul, dut s'armer de patience, car on le fit attendre assez longtemps et il eut tout le loisir d'examiner la pièce dont les fenêtres ouvraient sur le jardinet. Elle était prétentieusement meublée de sièges imitant le style Louis XIV, tendus de soie jaune, et dont les bois dorés à neuf tiraient à l'œil. Des rideaux et des portières de brocatelle du même ton, des jardinières en marqueterie à bon marché, une garniture de cheminée Empire, quatre vulgaires lithographies coloriées représentant des scènes de chasse à courre et des vues de la grande Exposition de 1867, complétaient ce mobilier disparate, qui avait dû, précédemment, garnir le salon d'essayage où l'ancienne modiste recevait sa clientèle. Aux encoignures, des socles de bois, décorés également d'un luxe de dorure, supportaient des bustes en plâtre stuqué : figures mignardes de femmes libéralement décolletées, qui regardaient en louchant un papillon posé sur leur épaule nue, ou becquetaient amoureusement des colombes. Ces déplorables œuvres d'art, qui caractérisaient le goût et les prédilections de madame Alicia, rappelèrent désagréablement à Simon la tourterelle lapidée par Landry. Au même instant, un froufrou de jupes traîna dans le couloir et la dame du logis apparut en personne.

Elle avait mis à profit le temps pendant lequel l'ex-juge croquait le marmot. Coquettement drapée dans un peignoir d'un rose trop juvénile ; aussi soigneusement coiffée et bichonnée que sa servante l'était peu ; maquillée à neuf et étalant tous ses bijoux, elle s'était visiblement mise en frais pour recevoir son visiteur.

L'acquisition de la villa « Mon Désir » par madame Miroufle avait eu lieu peu après l'installation du juge à Chanteraine. La dame, fort désœuvrée et curieuse, passait une bonne partie de ses journées à la fenêtre, d'où elle épiait indiscrètement les faits et gestes des voisins. Dès les premiers mois, elle s'avisa de la présence de Fontenac, dont elle connaissait le récent divorce. En voyant circuler dans l'avenue ce quadragénaire bien conservé, alerte comme un chat maigre et jouissant d'une belle aisance, elle ne put s'empêcher de remarquer que cet ancien magistrat avait l'étoffe d'un mari très présentable.

Pareille à une imperceptible graine, cette idée s'enfonça dans le cerveau chimérique d'Alicia. Chauffée par un désir de femme mûre et lasse d'un long célibat, la semence germa peu à peu, se développa et poussa des racines tenaces comme chiendent. Tout en s'attifant devant son armoire à glace, l'ex-modiste pensait involontairement à son voisin de Chanteraine et se plaisait à bâtir d'aventureux châteaux en Espagne : cet homme encore vert devait s'ennuyer de sa solitude et songer à se remarier. Il était divorcé, père de deux enfants, et ces deux cas rédhibitoires le rendaient, sans doute, plus coulant sur le choix d'une seconde femme. Pourquoi ne se mettrait-elle pas sur les rangs ? En somme, on avait vu des choses plus impossibles... Elle se contemplait dans son miroir et se trouvait encore fort désirable. Ses cheveux se maintenaient épais et noirs, ses dents étaient irréprochables ; ses yeux, estompés au crayon, jetaient un éclat vif et aguichant, qu'elle jugeait irrésistible. De plus, elle gardait un cœur chaud et possédait une jolie fortune, qui s'accroissait encore grâce à des placements

LA DAME, FORT DÉSŒUVRÉE ET CURIEUSE,

PASSAIT UNE BONNE PARTIE DE SES JOURNÉES A LA FENÊTRE.

avantageux et à d'habiles spéculations. A la vérité, elle possédait aussi une fille d'adoption, Nine Dupressoir, qui vivait avec elle, et qu'elle nommait « sa nièce ». Mais, si cette adolescente de quinze ans devenait un obstacle, rien ne s'opposait à ce qu'on la colloquât dans une pension, jusqu'au jour où l'on pourrait lui dénicher un mari. D'ailleurs, M. Fontenac étant afiligé de deux enfants, cela mettait les deux parties manche à manche. Ce rêve

qui lui manquait. En imagination, elle s'y installait déjà, elle y régnait comme une maitresse majestueuse et imposante et elle y jouait le rôle de « la dame du château ». Pendant l'un de ses voyages à Paris, elle alla consulter une tireuse de cartes. La devineresse, ayant lu dans le *grand jeu*, annonça qu'un événement heureux et un changement de position se préparaient pour sa cliente, et Alicia revint persuadée que son mariage avec

ELLE ALLA CONSULTER UNE TIREUSE DE CARTES.

matrimonial paraissait donc parfaitement réalisable...

On sait combien vite une idée fixe, ruminée chaque jour, prend de la vigueur et du corps. A force de penser à ce mariage éventuel, madame Alicia le voyait déjà en train de se conclure. Du haut de sa croisée, elle lorgnait, d'un regard plein de convoitise, les bouquets d'arbres et la façade Renaissance de Chanteraine. Ce logis quasi seigneurial surgissait, aux yeux de madame Mirouffe, comme le signe représentatif de la respectabilité

Fontenac entrait dans les vues de la Providence.

Il ne s'agissait plus que de trouver un biais pour nouer des relations avec le propriétaire de Chanteraine. Là gisait la difficulté. Simon était sauvage, peu accessible et médiocrement soucieux de se lier avec les gens du pays. Il défendait à ses enfants de voisiner et fermait obstinément sa porte aux étrangers. Pendant longtemps, la dame s'ingénia en vain à pénétrer dans le gîte de cet ours mal léché. Au moment où elle désespérait d'y réussir, l'envol de sa tourterelle vers le jardin de Fontenac ranima soudain ses espérances. Elle interpréta cette fuite comme l'incident heureux prédit par la tireuse de cartes et se hâta de profiter de l'occasion. Bien que l'accueil de Fontenac eût été aussi cérémonieux que peu engageant, elle sortit néanmoins de Chanteraine plus gaillarde et plus entêtée dans sa chimère. La glace était rompue et elle se flattait d'avoir fait quelque impression sur son voisin. Aussi ne manifesta-t-elle pas trop de surprise lorsque la petite bonne lui apporta la carte de Simon. Elle dissimula prudemment sa joie. Sans souci de mettre à l'épreuve la patience du visiteur, elle s'enferma dans sa chambre et n'en descendit qu'après avoir préparé minutieusement sa toilette de combat.

Elle entra pimpante dans le salon, avec une caresse dans l'œil et un gracieux sourire sur les lèvres.

— Oh! monsieur Fontenac, dit-elle en minaudant, que je suis confuse !... Merci mille fois de votre visite et de votre aimable empressement !... Prenez donc la peine de vous asseoir.

Mais Simon persista à rester debout et déclara froidement :

— Ne me remerciez pas, madame, je m'acquitte simplement d'un devoir de conscience... Je vous avais promis que mon jardinier continuerait ses recherches; c'est ce qui a eu lieu, et elles ont produit un résultat... inattendu !...

— Votre jardinier a retrouvé ma Bébelle? interrompit Alicia.

— Oui, madame ; seulement, il l'a retrouvée morte.

— Ah! mon Dieu !...

Elle s'accrochait au bras de l'ex-juge et paraissait prête à s'évanouir :

— Madame ! revenez à vous !... Je suis vraiment désolé...

Mais la tête de la dame se penchait de plus en plus sur l'épaule de son interlocuteur... Elle persistait dans sa pâmoison, et Fontenac, fort embarrassé, dut la déposer dans un fauteuil, où elle s'affaissa lourdement.

— Madame, reprit le juge, effaré et cherchant des yeux une sonnette, permettez-moi d'appeler votre domestique!...

Alicia, alors rouvrit les paupières et, d'une voix mourante :

— Non, non, gémit-elle, cela va se passer... Pardon ! je sens combien je suis ridicule... mais c'est plus fort que moi... Ma pauvre Bébelle qui m'aimait tant et qui, seule, me consolait de ma solitude !... C'est moi qui lui préparais son manger, monsieur, et elle buvait dans mon verre...

Elle roulait son mouchoir en tampon et le passait avec précaution sur ses yeux.

— Dire que je n'ai pu assister à ses derniers moments ! continua-t-elle dans un sanglot ; est-elle morte, au moins, de sa belle mort?

— Hélas ! non, madame, elle a été tuée d'un coup de pierre.

— Assassinée !... Quelle scélératesse!... Et d'un coup de pierre !... Vrai, c'est trop cruel et j'en ferai, pour sûr, une maladie...

Les sanglots redoublaient, et Fontenac, fort ennuyé de cette scène larmoyante, répétait en s'apitoyant :

— Je vous en prie, madame, calmez-vous... Je déplore que cet accident soit arrivé chez moi, et ce qui m'est encore plus pénible, c'est que le coupable soit mon propre fils...

— Ah ! voilà qui m'achève ! soupira-t-elle. Faut-il que cette peine me vienne d'une famille vers laquelle je me sentais si fortement attirée?...

— Mais je connais mes devoirs, interrompit l'ancien magistrat, et vous me permettrez, madame, de vous indemniser du dommage causé.

Elle se leva dolente, et saisissant l'une des mains de Simon dans les siennes :

— Y pensez-vous, monsieur? protesta-t-elle... Non... Je ne suis pas une femme d'argent... D'ailleurs, comme le disait mon pauvre défunt Miroufle, qui était un homme de sens, « il y a des plaies que l'argent ne peut guérir »... Quant à votre garçon...

— Oh ! quant à Landry, affirma résolument Fontenac, je ne le ménagerai pas... Je le punirai de façon à lui ôter l'envie de recommencer.

— N'en faites rien, monsieur ! supplia madame Mirouffe, en retenant plus étroitement la main qui essayait de se désemprisonner, vous m'affligeriez davantage...

l'aise. Vous ne savez pas à quels diables déchaînés j'ai affaire, je ne puis les mater qu'à force de sévérité...

— Ce n'est pas de la sévérité, mais de

ELLE S'ACCROCHAIT AU BRAS DE L'EX-JUGE ET PARAISSAIT PRÊTE A S'ÉVANOUIR.

Il sera suffisamment puni par ses remords et je vous demande sa grâce.

— Vous êtes trop indulgente, madame, répliqua Simon, que l'étreinte enveloppante de son interlocutrice mettait mal à

la tendresse qu'il leur faudrait... insinua doucement Alicia.

Elle ne lâchait pas la main de Simon et le conduisait vers le canapé, où elle l'obligeait de s'asseoir avec elle...

— Oui, ajouta-t-elle en levant ses yeux vers le plafond, les malheureux petits sont plus à plaindre qu'à blâmer... Feu Miroufle avait coutume de répéter que les soins affectueux d'une femme sont aussi nécessaires aux enfants que le pain quotidien... Et il avait raison !... Les hommes, en général, ne savent pas manier ces jeunes créatures délicates... Leurs affaires les absorbent ; ils deviennent ou trop rigides ou trop tolérants... Les femmes, au contraire, sont, par nature, dévouées, patientes et sensibles... Elles ont la maternité dans la peau, quoi ! Et c'est une femme qui pourrait, seule, éduquer et assouplir vos deux gamins, monsieur Fontenac.

— Je suis d'accord avec vous, madame, acquiesça le propriétaire de Chanteraine ; mais les circonstances ont séparé prématurément mes enfants de leur mère ; la loi me les a confiés et j'avoue que la tâche est bien rude pour moi...

— En ce cas, pourquoi ne songeriez-vous pas à remplacer celle que la justice a déclarée indigne des fonctions maternelles ? Pourquoi ne vous remarieriez-vous pas ? Vous êtes libre, vous êtes bien portant, vigoureux, dans la force de l'âge, et vous trouveriez plus d'une femme qui serait fière et heureuse de vous aider dans votre tâche !...

Tout en parlant, elle se rapprochait et lui coulait une de ces luisantes et chaudes œillades qu'elle croyait irrésistibles.

— Ah ! continua-t-elle plus tendrement, s'il m'était permis de vous visiter quelquefois à Chanteraine, avec quelle joie, avec quel cœur je me plairais à m'occuper de vos chers petits et à les rendre dignes d'un père pour lequel j'ai la plus vive sympathie !...

Fontenac n'était point sot et ne manquait pas de perspicacité. Il comprit promptement où la dame voulait en venir. Son amour-propre en fut humilié, la moutarde lui monta au nez.

— Grand merci, madame, déclara-t-il en se rebiffant et en se levant tout d'une pièce, ma solitude me plaît et l'expérience d'un premier mariage me suffit... Chat

échaudé craint l'eau froide !... Quant à mes enfants, ils entreront, au mois d'octobre, chacun en pension... Ils n'auront donc pas le temps de recevoir vos visites qui, permettez-moi de le dire, seraient plus compromettantes qu'efficaces...

MONSIEUR, QU'ENTENDEZ-VOUS
PAR DES VISITES « COMPROMETTANTES » ?

— Monsieur, s'écria madame Alicia, déconvenue et furieuse de se voir devinée, qu'entendez-vous par des visites « compromettantes » ? Vous vous trompez singulièrement sur mon compte... Je ne suis pas d'humeur à me jeter à la tête des gens et, ce que j'en disais, c'était par pure obligeance... En vérité, vous le prenez d'un ton !...

— Je le prends du ton qu'il faut, riposta Fontenac, et, si vous m'en croyez, nous en resterons là... J'ai bien l'honneur de vous saluer.

Il ramassa son chapeau et sortit sans se retourner ; mais, lorsqu'il eut atteint le couloir, il put constater, à la façon dont la porte claqua sur son dos, dans quel état d'exaspération il laissait madame Mirouſle.

Alicia, debout au milieu du salon, déchirait de rage son mouchoir. Une glace lui renvoya l'image de sa bouche crispée et, de ses yeux fulgurants :

— Goujat, grommelait-elle, tu me le paieras !

VII

Pendant les derniers beaux jours de septembre, la température s'était subitement relevée ; le ciel n'avait pas un nuage et il faisait chaud comme en juillet. Il semblait qu'en entrant dans le signe de la Balance le soleil voulût se donner encore une fête estivale.

Coiffé d'un large chapeau de paille, le pépiniériste Gerdolle sortit de chez lui en s'épongeant le front et se hâta de traverser la chaussée pour cheminer dans la bande d'ombre qui coupait obliquement l'avenue. Au moment où il longeait le mur de « Mon Désir », il fut hélé par une voix flûtée, qui partait de l'intérieur d'une tonnelle.

— Eh ! monsieur Gerdolle, roucoulait la voix, où courez-vous si vite par cette chaleur?... Arrêtez-vous une minute et venez boire une chope avec notre voisin Février !

Cyrille Gerdolle stoppa en reconnaissant cet organe féminin.

— Bonjour, madame Mirouſle, répondit-il ; ma foi, c'est pas de refus et, si vous voulez bien m'ouvrir...

La porte s'entre-bâilla et le pépiniériste se glissa dans le jardinet, où, à l'abri des vignes vierges déjà rougissantes, madame Alicia, en peignoir rose, attablée en face de monsieur Février, débouchait une seconde bouteille de bière.

— Salut à la compagnie ! dit Gerdolle en s'asseyant sans façon dans un fauteuil d'osier, c'est vrai qu'il fait soif par cette température de serre chaude !

— Hein ! ajouta Alicia, en remplissant le verre que venait d'apporter la petite bonne échevelée, on boirait la mer !

— Les hommes sont comme les plantes, déclara sentencieusement Cyrille, ils ont besoin d'être arrosés... A votre santé, belle dame ! A la tienne, voisin !

Il lampa sa bière, et, d'un revers de main, essuya la mousse qui humectait sa barbe.

— Ha ! ça vous rafraîchit la gargoulette ! murmura-t-il en reprenant haleine, n'est-ce pas, mon vieux Février?

Février esquissa un sourire qui ressemblait à une grimace. Cette épithète de « vieux », appliquée à sa personne, sonnait désagréablement à ses oreilles. Bien qu'ayant quarante ans au moins, il se flattait de passer encore pour un jeune homme ; ses yeux, d'un bleu d'ardoise, sa moustache retroussée en chat fâché, sa barbe en pointe, son teint frais et ses airs de matamore s'efforçaient de justifier cette prétention. Il portait un veston gris très court, avec le gilet et le pantalon pareils ; des bottines jaunes chaussaient ses pieds cambrés. Alfred Février avait débuté par gérer une agence qui tenait, à la fois, du cabinet d'affaires et du bureau de placement ; mais il s'était trouvé dans l'obligation de céder après certains démêlés avec la justice. Depuis, il avait vécu d'expédients et frôlé la misère noire. Madame Alicia, qui l'avait connu lorsqu'il était vraiment jeune, intervint alors providentiellement pour le tirer de l'ornière où il s'embourbait. Elle appréciait son esprit de ressources, son flair et son bagout. Elle lui avança de l'argent pour acheter, rue de Rennes, un fonds de marchand d'antiquités et de tableaux. En réalité, il gérait seulement cette boutique et partageait les bénéfices avec l'ancienne modiste. De plus, le sachant très retors et ferré sur le Code, elle le chargeait du recouvrement de ses factures restées en souffrance et lui confiait certaines opérations de prêts légèrement usuraires, qu'elle n'osait effectuer en son propre nom. Février, qui n'était point dégoûté, en endossait complaisamment les risques. Pour être plus à portée de sa patronne, l'agent avait loué un des pavillons de l'avenue et il y venait coucher chaque soir. Il faisait partie de ces Parisiens nomades dont la masse s'accroît tous les ans et qui grossissent la population de la banlieue de leur immigration turbulente. Il figurait sur les listes électorales de la commune, et ayant réussi, grâce à sa faconde, à se faire nommer au Conseil municipal, il y représentait, avec Gerdolle, le parti radical avancé.

A la familière interpellation de son collègue, il répliqua railleusement :

— Possible que je sois aussi vieux que toi, pépiniériste, mais je le montre moins. Et autrement, comment vas-tu?

— Je suis outré, grommela Cyrille en se versant une nouvelle rasade, outré contre mes maudits voisins de Chanteraine. Il n'est pas de tours qu'ils ne me jouent : le gamin saccage mes arbres, la gamine débauche mon garçon ; le père, naturellement, soutient ses drôles et se moque de moi !

— Ah ! ces enfants de Chanteraine, quelle engeance ! amplifia madame Alicia, qui avait sur le cœur les rebuffades dédaigneuses de Fontenac, j'en sais quelque chose !... Pas plus tard que la semaine dernière, ces deux garnements ont massacré, à coups de pierre, ma tourterelle qui s'était envolée dans leur jardin... Du reste, tout le voisinage a maille à partir avec eux... Le frère et la sœur sont des effrontés, le père est hautain et méprisant ; il marcherait volontiers sur le monde...

— Oui, renchérit à son tour Février, ce Fontenac est un aristo et un enragé réactionnaire... Quand il était juge, il m'a salé, autrefois, pour une peccadille ; mais je lui garde un chien de ma chienne !...

— Ces gens-là se croient les maîtres de l'avenue, reprit Alicia, ils s'imaginent que tout leur est permis... Si ça continue, la place ne sera plus tenable.

— Ça ne continuera pas, je vous en donne mon billet, grogna Gerdolle ; faudra que ça cesse ou que ça casse...

— Ma parole ! minauda l'ex-modiste, j'embrasserais de bon cœur celui qui trouverait le moyen de nous débarrasser de ces fléaux-là !

— Pas facile ! objecta malignement Février, qui aimait à jeter de l'huile sur le

M. FÉVRIER.

feu, le Fontenac tient à sa propriété autant qu'à la prunelle de ses yeux ; bien malin qui pourra l'obliger à mettre la clé sous la porte !

— Savez-vous? insinua finement madame Mirouffe, le mieux serait d'inventer un truc pour le dégoûter de Chanteraine.

— Ça, c'est une idée, approuva le pépiniériste ; mais ce n'est pas tout d'avoir levé le lièvre, il faut le tuer et savoir l'accommoder proprement... Comment manœuvrer pour forcer Simon Fontenac à déguerpir?

Il plongea son nez bourgeonné dans sa chope, comme pour y puiser une inspiration. Après être resté un moment dans cette attitude méditative, il vida son verre et le reposa tranquillement sur la table.

— Je crois, poursuivit-il en baissant le ton, que j'entrevois le truc désiré... Ça n'est pas encore machiné et mis au point ; mais, quand je vous aurai expliqué la chose, Février, qui est un homme de loi, m'aidera à perfectionner le mécanisme.

— Voyons, répliqua Février, volontiers sceptique et blagueur, développe-nous ton plan et espérons qu'il sera plus fort que celui de Trochu !

Madame Miroulle déboucha une troisième bouteille et les trois têtes se rapprochèrent.

— D'abord, reprit Gerdolle en mettant une sourdine à sa voix de trompette, il est bon de vous dire qu'un bras de la Bièvre passe dans le jardin de Fontenac et qu'il s'en sert pour son usage personnel, à condition de me rendre l'eau à la sortie de son terrain...

— Oui, ajouta l'agent d'affaires en citant doctoralement l'article du Code : « Celui qui a une source dans son fonds, peut en user à sa volonté, sauf le droit que le propriétaire du fonds inférieur pourrait avoir acquis par titre ou par prescription. » C'est connu... Après?

— Il ne s'agit pas d'une source, rectifia aigrement le pépiniériste, mais d'un bras de la Bièvre... Comment ce dérivé a-t-il été détourné de son cours naturel, au profit des propriétaires de Chanteraine, et en vertu de quel droit ?... Voilà la question.

— Fontenac peut exhiber un titre pour justifier sa jouissance, observa Février ; dans tous les cas, tu n'es pas autorisé, toi, propriétaire du fonds inférieur, à lui intenter une action, du moment qu'il n'aggrave point la servitude de ton terrain... C'est une affaire qui ne te regarde pas.

— Mais elle regarde la commune, qui est propriétaire du cours d'eau, et je puis appeler, là-dessus, l'attention du Conseil municipal... Ha ! ça te la coupe !

— Possible ; seulement, si Fontenac te met sous le nez un acte établissant son droit de jouissance, tu en seras pour ta courte honte.

— Savoir !... Dans ces questions d'écoulement des eaux, il y a à boire et à manger... Je pourrai toujours le chicaner sur l'état dans lequel il me rend l'eau à la sortie de chez lui... Mais j'ai en idée que je n'aurai pas besoin de recourir à cette extrémité... D'après les on-dit des anciens du pays, il paraît probable que mon chien de voisin ne possède aucun titre et qu'il jouit de l'eau par pure tolérance... Quand la dérivation a été pratiquée, Jean Fontenac, le grand-père de notre homme, avait acheté pour pas cher la propriété de Chanteraine ; il était maire de la commune sous la Révolution et y faisait la pluie et le beau temps. Il y a gros à parier qu'il a profité de sa toute-puissance pour détourner ce bras de la Bièvre et l'introduire abusivement dans son clos.

— Ça, c'est à approfondir et à prouver... Je te conseille de prendre des renseignements précis avant de te servir de ton petit truc, qui pourrait bien te craquer dans la main...

Ils furent interrompus par madame Alicia, que cette dissertation juridique ennuyait prodigieusement.

— Oui, dit-elle en étouffant un bâillement, Février a raison... D'ailleurs, je ne vois pas bien comment cette histoire d'eau peut amener monsieur Fontenac à se dégoûter de Chanteraine.

— Ah ! vous ne voyez pas?... riposta le colérique Gerdolle, ça montre que, si vous avez de beaux yeux, vous n'avez pas la vue longue... Ne comprenez-vous pas que ce procès embêtera considérablement le voisin. Une supposition qu'il soit condamné à supprimer son cours d'eau : il jettera le manche après la cognée et s'empressera de déguerpir.

— Il y a tout de même du vrai dans ce que dit notre ami le pépiniériste, assura Février en se caressant le nez et en lissant ses moustaches... Il s'agit de mener, sous main, une enquête, de compulser les archives de la mairie, et, si nous acquérons

IL PLONGEA SON NEZ BOURGEONNÉ DANS SA CHOPE, COMME POUR Y PUISER UNE INSPIRATION.

la certitude qu'il n'existe aucun acte, nous pourrons aller de l'avant... Il y a encore des gens qui ont connu le grand-père et le père de Fontenac et qui se rappellent comment les choses se sont passées... Il conviendra de les faire causer... Et, à ce propos, je te recommande un homme qui a été au service de Noël Fontenac et qui est, maintenant, ton aide-jardinier : le père Brincard. Il a été renvoyé par Simon Fontenac, et il ne le porte pas dans son cœur. Il ne renâcle pas devant un verre de vin, et, si tu sais t'y prendre et lui délier la langue, il t'en apprendra peut-être long sur ce qui t'intéresse.

— Brincard ! grogna Gerdolle, un sournois, un ivrogne et un fainéant !

— Fais donc pas la petite bouche ! ricana Février, c'est précisément parce que tu as affaire à une fripouille, que tu en tireras tout ce que tu voudras... S'il était un honnête homme, il t'enverrait coucher !

— C'est bon... Demain, je m'aboucherai avec lui et je saurai ce qu'il a dans le ventre.

— Surtout, passe-lui la main dans le dos et ne ménage pas la liqueur !... Avec des particuliers de son espèce, il faut jouer au plus fin et ne point les brusquer... Quand tu seras bien fixé et suffisamment renseigné, avertis-moi et nous marcherons... A la prochaine session, je soulèverai la question de la prise d'eau ; au nom de mon comité, j'interpellerai le maire et je demanderai la justification des titres du sieur Fontenac... Il sera bien obligé de s'expliquer et, pour peu qu'il prête le flanc, en avant la musique !... Nous réclamerons une enquête, on nommera une commission, dont nous ferons naturellement partie, toi et moi, et alors je me charge de retourner le Conseil municipal comme un gant...

— A la bonne heure ! s'écria madame Alicia, voilà qui est clair, et, cette fois, je comprends... Vous allez tricoter les côtes de Simon Fontenac et lui donner du tintouin... Ce sera pain bénit... Je ne peux pas le sentir, moi, ce bonhomme-là, et, le jour où vous réussirez à nous débarrasser

de sa personne, je vous paierai un dîner au champagne.

— Ainsi soit-il, dit Février en goguenardant.

Elle remplit de nouveau les verres, on trinqua au succès de l'entreprise, puis le pépiniériste prit congé.

— Soyez tranquilles, affirma-t-il en se coiffant crânement de son volumineux chapeau de paille ; dès demain, je mettrai les fers au feu !

VIII

Le lendemain, dès huit heures, Cyrille Gerdolle s'était rendu à sa pépinière. Sur la plaine onduleuse, les plantations alignées en longues files occupaient plus d'un hectare et prospéraient dans la terre noire et riche en humus. Leurs frondaisons subissaient déjà l'action des nuits de plus en plus fraîches et prenaient des teintes automnales. Les jeunes quenouilles de poiriers revêtaient de tendres couleurs aurore, les cerisiers devenaient cramoisis, les abricotiers et les pêchers jaunissaient, tandis que les pruniers du Japon, les hêtres sanguins, les noisetiers pourprés, résistaient encore et se détachaient en vigueur parmi la verdure foncée et persistante des fusains, des lauriers-cerises, des épicéas. Tous ces arbustes de rapport ou d'ornement étalaient à profusion la bigarrure de leurs feuillages mouillés par la rosée du matin, et les nuances s'avivaient aux rayons du soleil de septembre, qui commençait à percer la brume.

Cyrille trouva bientôt, non loin du bras de la Bièvre, l'ouvrier qu'il cherchait et qui était préposé au binage et au désherbage. Pour le quart d'heure, ce manœuvre se reposait énergiquement, appuyé au manche de sa serfouette et regardant couler l'eau. Son feutre en cloche abritait une face finaude, couperosée comme une feuille de vigne en octobre ; sa blouse était tachée de terre, son pantalon de velours déteint s'enfonçait en des bottes percées. Il fumait une courte pipe de terre, fortement culottée et qui ne quittait guère le coin de ses lèvres.

— Eh bien! père Brincard, cria le de flânerie, cette sacrée rosée du matin est morfondante et je venais d'allumer une pipe pour me remettre en train...

POUR LE QUART D'HEURE, CE MANŒUVRE SE REPOSAIT ÉNERGIQUEMENT.

pépiniériste, qu'est-ce que vous avez donc à reluquer la Bièvre?

— Excusez, monsieur Gerdolle, répondit le sarcleur, pris en flagrant délit

Tout en tirant une bouffée, je me demandais ce que votre voisin de Chanteraine peut bien trafiquer en amont! L'eau roule, chaque jour, des boyaux et des tas de pourritures... Jamais je ne l'ai vue si sale et si puante !

Cette remarque de Brincard tombait à pic et Gerdolle la ramassa. Elle lui offrait une transition toute naturelle pour arriver à l'interrogatoire qu'il méditait

— Oui, grogna-t-il, monsieur Fontenac en prend trop à son aise ; il empoisonne la rivière avec ses immondices et, si ça continue, je porterai plainte... Mais, auparavant, j'aurai besoin de quelques renseignements que vous pourrez probablement me donner, vous qui étiez en service chez le père du propriétaire actuel... Au fait, puisque la rosée vous a transi, venez boire un verre de vin avec moi, père Brincard, ça vous réchauffera, et nous causerons en vidant une bouteille... Qu'en dites-vous ?

— Je dis que vous êtes bien honnête, patron, et qu'on ne refuse jamais un verre de vin.

— Alors, en route !

Ils s'acheminèrent lestement vers le logis Gerdolle. Pendant le trajet, on parla des plantations d'automne et de la nécessité de préparer vivement le terrain. Ne voulant pas avoir l'air d'attacher trop d'importance au seul sujet qui l'intéressât, Cyrille affectait de faire dévier la conversation vers les choses du métier ; mais quand on fut installé dans le bureau du pépiniériste et que le vin fut versé, le patron revint, en douceur, à l'objet de ses préoccupations.

— Nom d'une serpe ! commença-t-il, je repense à l'état de malpropreté de la Bièvre... Convenez que c'est embêtant d'avoir un voisin qui déverse chez moi toutes ses saletés !

— De vrai, monsieur Fontenac ne se gêne pas assez... A votre place, moi, je lui flanquerais du papier timbré.

— Ouais !... Mais le papier timbré coûte cher et la justice aussi... Sait-on jamais où ça vous mène ?... Monsieur Fontenac est un ancien juge, il a encore des amis dans la boutique à procès ; pour peu qu'il leur montre un bout d'écrit, ils lui donneront raison et me condamneront aux dépens...

— Un écrit ? repartit Brincard en hochant la tête, je crois qu'il n'y en a point... Et voici pourquoi... Je vas vous dire des choses qui ne me regardent point et dont je ne devrais pas me mêler, mais ça restera entre nous, patron ; et puis, je ne suis tenu à rien envers le Fontenac d'à présent... Il m'a fichu à la porte le lendemain de la mort de son père, et je l'ai dans le nez, ce citoyen-là !

Il lampa le contenu de son verre et, s'étant lentement rincé le gosier :

— Pour lors donc, continua-t-il, au temps où je travaillais chez monsieur Noël, et un jour que monsieur Simon était venu en visite à Chanteraine, j'ai entendu le père et le fils se chamailler à propos, justement, du cours d'eau... Monsieur Noël voulait le curer et y établir un vivier ; monsieur Simon haussait les épaules et s'écriait que c'était une folie. Ils discutaient ça dans une allée où j'étais en train d'élaguer des arbres et ils avaient haussé la voix. « D'abord, chicanait le juge, es-tu bien sûr de ton droit, dans le cas où la commune te chercherait noise ? — Quant à ça, répondait le père, je suis parfaitement tranquille. — As-tu un titre en règle ? — J'ai mieux ; il y a plus de cinquante ans que la servitude existe à mon profit, et je puis invoquer la prescription... » D'où j'ai conclu que le vieux n'avait pas d'acte... Pour ce qui est de la prescription, le juge hochait la tête et prétendait qu'elle ne servait de rien quand il s'agissait d'une simple tolérance... Je n'ai pas compris grand'chose à ses raisons, mais j'ai tout entendu de mes oreilles et je m'en souviens comme si c'était hier... Faites-en votre profit, monsieur Gerdolle, et rapport au titre, vous qui avez vos entrées à la mairie, il vous serait facile de fouiller les paperasses communales... S'il y avait eu un acte, m'est avis que la commune en aurait gardé le double.

— C'est juste, et je m'en assurerai... Vous avez le nez creux, père Brincard, et vous la connaissez dans les coins !

— Oh ! répondit le journalier, flatté, j'ai tout bonnement bonne mémoire et un peu de jugeote...

Le pépiniériste débouchait une seconde bouteille et remplissait les verres. Brincard vida le sien d'un trait et fit claquer sa langue.

— Ça passe comme un velours, c'est du chouette vin ! déclara-t-il avec une lueur gourmande dans ses petits yeux larmoyants.

— Ainsi, reprit Gerdolle, au cas d'une enquête, vous pourriez témoigner de ce que vous venez de me raconter ?

— Je le pourrais censément... Mais là, vrai, j'aimerais autant pas... Entre l'arbre et l'écorce faut pas mettre le doigt.

— Encore un verre?

— Volontiers, ce sera le dernier !... Voyez-vous, patron, bégaya-t-il, déjà passablement éméché, un pauvre diable comme moi ne gagne rien à se fourrer dans des affaires qui ne le regardent pas... D'ailleurs, j'ai horreur des potins... Quand on sert chez les autres, on apprend à être discret... Tout voir, tout entendre et ne rien dire : v'là ma devise... Ah ! si j'étais bavard, j'en connais des histoires, et de drôles !... Tenez, pas plus loin qu'à Chanteraine, j'ai été témoin d'une aventure dont je n'ai jamais soufflé mot, et cependant, à cette époque-là, il y avait des gens qui m'auraient payé cher mon secret... Mais je ne voulais pas trahir monsieur Noël Fontenac, qui était un brave homme et que j'aimais beaucoup... Je suis resté muet comme une carpe, et personne ne se doute de rien.

— Pas même Simon Fontenac?

— Oh ! celui-là serait trop heureux de savoir ce que je sais et je me garderai bien de le lui dire !

— Et à moi, murmura le pépiniériste très intéressé, le direz-vous?

— A vous pas plus qu'à un autre... C'est sacré !

— Voyons, père Brincard, ça ne sortirait pas d'ici... Je n'ai aucune raison d'être agréable au propriétaire de Chanteraine et je vous jure de ne pas vous trahir. Vous pouvez parler à cœur ouvert et en toute sûreté ; même, si votre secret m'intéresse, vous ne perdrez pas votre peine et vous n'aurez pas affaire à un ingrat !...

L'ivrogne fixait sur son patron ses petits yeux allumés ; on devinait qu'il était partagé entre un reste de méfiance et une violente démangeaison de parler. La mine perplexe, il vidait son verre nerveusement. Son secret commençait peut-être à lui peser ; peut-être réfléchissait-il aussi qu'il s'était trop avancé pour reculer... Alléché par les vagues promesses du pépiniériste et cédant à un coup de griserie, il finit par se déboutonner brusquement.

— Bah ! s'écria-t-il, je me fie à vous, m'sieu Gerdolle ; vous êtes un brave homme, plein de sens, et fin comme un renard... Et vous me baillerez un bon conseil !... En deux mots comme en cent, v'là mon histoire :

» C'était après la déclaration de la guerre, dans le milieu d'août 1870 ; nous venions d'être battus en Alsace et en Lorraine et le bruit courait partout que les Prussiens marchaient sur Paris. Comme tout le monde, monsieur Noël Fontenac passait son temps à lire les journaux. A mesure que les mauvaises nouvelles se répandaient, il devenait plus inquiet, plus soucieux, et il y avait de quoi !... Vous savez, ou vous ne savez pas, que le précédent propriétaire de Chanteraine était ce qu'on appelle un « collectionneux ». Il aimait les antiquailles et les enfermait dans des vitrines qui garnissaient son salon. Là se trouvaient, en rang d'oignons, des tas d'ustensiles d'or et d'argent, et son domestique de confiance, Antoine, affirmait que toutes ces vieilleries valaient des mille et des cents. Or, les Prussiens avaient la réputation d'être d'effrontés voleurs et de mettre à sac les maisons qu'ils occupaient. Vous comprenez si monsieur Noël avait le trac, en songeant à ses collections et en apprenant que l'ennemi s'avançait sur la capitale à marches forcées. Tous les matins, il tenait des conciliabules avec Antoine, et on voyait le maître et le valet affairés à ficeler leurs bibelots dans de vieux torchons de laine.

» Un jour, monsieur Noël m'appela et me commanda de creuser un trou dans une grande corbeille de géraniums qui se trouvait à proximité de la maison.

» — Tu arracheras soigneusement les fleurs, qu'il me commanda, puis tu éta-

haute d'un mètre, plus longue que large, ressemblant quasiment à un énorme cercueil, et on la déposa dans le salon.

» — Maintenant, que me dit monsieur Noël, tu as bien travaillé, tu peux t'en aller et ta journée te sera comptée double...

TU ARRACHERAS SOIGNEUSEMENT LES FLEURS...

bliras une tranchée de trois mètres de profondeur sur un mètre de large et trois de long... Mets-toi vivement à la besogne et tâche que tout soit fini ce soir.

» Je me mis donc à remuer la terre vivement. Le soir, le trou était fait et, comme j'enlevais les dernières pelletées, à la brune, on apporta une sorte de malle

» Je suis assez curieux de ma nature, et vous pensez que tout ce micmac m'avait intrigué. Je grillais de savoir ce qu'on allait enterrer là-dedans... Ma foi, après avoir fait semblant de filer, je guettai le moment où ils mangeaient leur dîner pour me cacher dans une resserre où on logeait les grenadiers en hiver, et j'attendis... J'attendis longtemps, en grignotant un quignon de pain qui me restait de mon déjeuner, et je commençais à m'embêter ferme, quand, sur le coup de dix heures, j'entendis ouvrir la porte du salon qui donnait sur le jardin. Pour lors, je sortis de la resserre, à pas de loup. Il y avait de la lune et je vis distinctement mes deux

» Quand l'objet eut touché le fond, Antoine versa, dans son tablier, plusieurs panerées de déblais et les étendit fait à fait au-dessus du coffre, de façon à obtenir une couche assez épaisse, sur laquelle ils piétinèrent tous deux soigneusement ; puis, ils regagnèrent tranquillement la maison. J'en avais assez vu pour être

JE VIS MES DEUX PARTICULIERS QUI TRANSBORDAIENT LA CAISSE AVEC PRÉCAUTION.

particuliers qui transbordaient la caisse avec précaution et se dirigeaient vers la fosse pratiquée dans la plate-bande. Ils en avaient leur charge, je vous réponds ! Ils marchaient à petits pas, ni plus ni moins que des croque-morts qui portent une bière. Arrivés devant le trou, ils y descendirent leur fardeau à l'aide de cordes qu'ils faisaient glisser avec précaution.

fixé... C'étaient les bibelots précieux qu'ils venaient d'enterrer par peur des Prussiens... Je sautai par-dessus un petit mur de clôture, donnant sur les champs ; je me hâtai d'aller retrouver ma bourgeoise qui était fort en peine, et qui m'agonisa de sottises, sous prétexte que je m'étais arrêté au cabaret...

— Et après ? demanda Cyrille Gerdolle,

qui avait écouté ce récit avec un intérêt fort vif.

— Le lendemain, je revins à Chanteraine, comme si de rien n'était, et je trouvai monsieur Noël Fontenac qui montait la garde près du trou, au fond duquel on ne voyait plus que de la terre foulée, mais qui avait singulièrement diminué de profondeur. Mon patron me montra un tout jeune cerisier, qu'on avait déposé près du massif et qui venait probablement de votre pépinière, m'sieu Gerdolle : « Brincard, qu'il me dit, tu vas planter ce cerisier dans la tranchée, que tu rempliras ensuite avec de bonne terre, et, comme il ne faut rien perdre, tu replaceras, tout autour, tes pieds de géraniums. » Fait et dit, je n'eus pas l'air de m'apercevoir de la diminution de la fosse, je plantai le cerisier et les géraniums, et personne, pas même monsieur Noël, ne put se douter que je connaissais par le menu toute la manigance... Les Prussiens sont venus ; ils ont occupé une partie de la maison jusqu'à la signature de la paix ; le cerisier avait parfaitement repris et commençait déjà à bourgeonner quand ils sont partis ; ils n'y ont vu que du feu.

— Mais, objecta le pépiniériste rêveur, une fois les Allemands décampés, le bonhomme a, sans doute, retiré du trou les objets qu'il y avait enfouis ?

— Nenni, le terrain n'a pas été fouillé ; monsieur Noël remettait, probablement, l'opération à des temps plus calmes ; et quand il est mort d'un coup de sang, à la fin de 1871, l'arbre était encore dans la corbeille, très dru et bien portant, preuve qu'on n'avait touché à rien...

— Croyez-vous que le fils Fontenac n'ait pas eu connaissance de la cachette ?

— Il n'y a pas apparence ; il était absent lors du décès de son père, et le vieux est mort subitement, sans avoir eu le loisir d'écrire ses dernières volontés. D'ailleurs, lorsque Simon Fontenac m'a renvoyé, en 1872, le cerisier était encore en place. Comme il n'y avait que moi pour renseigner l'héritier et que me je suis bien gardé de piper, il ne sait rien du tout.

— Pardon ; Antoine, le domestique du défunt, a pu parler.

— Non pas, et pour une bonne raison... Pendant le siège, il s'était enrôlé dans les mobilisés et il a été tué à Buzenval...

— Ha ! ha !... Alors, le cerisier est toujours au milieu du massif ?

— Ça, par exemple, j'en ignore... Ayant été brutalement congédié par Simon Fontenac, je ne me souciais guère de remettre les pieds à Chanteraine... Mais c'est pas difficile de s'en assurer... V'là toute l'histoire, m'sieu Gerdolle... Elle est curieuse, hein ? qu'en pensez-vous ?

Le pépiniériste la trouvait curieuse, en effet, et attachante au plus haut point... Le récit de l'aide-jardinier lui découvrait des horizons insoupçonnés et lui suggérait des idées tout à fait neuves ; mais il n'en fit rien paraître. Il affecta, au contraire, l'indifférence et dit, en secouant la tête :

— Je pense que c'est grave, père Brincard, et que vous vous êtes exposé à de gros risques, en ne révélant pas à Simon Fontenac l'existence de la cachette.

— Allons donc ! se récria Brincard en vidant son verre, pourquoi voulez-vous que je fasse plaisir à un grincheux, qui m'a jeté à la porte sous prétexte que j'étais un fainéant et que je ne gagnais pas le pain que je mangeais ?... Malheur ! Est-ce qu'il sait seulement ce que c'est que de gagner son pain, ce méchant empailleur d'oiseaux ?... Non, non, je ne dirai rien. Je ne suis pas payé pour lui rendre service !

— A votre aise, ça vous regarde ! répliqua Gerdolle en se levant ; mais, pour votre gouverne, je vous conseille alors de continuer à rester bouche cousue, car maintenant, si vous parliez, Fontenac pourrait vous accuser de l'avoir lésé et vous faire des misères... Quant à ce qui me concerne, votre histoire n'a rien à démêler avec ma plainte au sujet du cours d'eau... Fontenac a-t-il un titre, oui ou non ?... Puis-je compter sur votre témoignage au cas d'une enquête ? Voilà ce qui m'intéresse... Réfléchissez-y, père Brincard, et, si vous avez du nouveau, venez me trouver... En attendant, tenez, voilà une pièce de cent sous pour votre temps perdu... Retournez à votre besogne et, surtout, gardez votre langue dans votre poche !

Quand son ouvrier se fut éloigné, le pépiniériste demeura longtemps en méditation. Il se grattait complaisamment la barbe et poussait, parfois, de sourdes interjections.

« Allons, allons, se pourpensait-il, l'affaire prend une tournure nouvelle... J'ai eu raison de faire causer cet imbécile, et je ne regrette ni mes deux bouteilles de vin vieux ni ma pièce de cent sous !... »

IX

Simon Fontenac avait tenu ferme. Après s'être abouché avec le proviseur du lycée Lakanal et avec la supérieure des Dames de la Croix, il signifiait aux deux « geais » que, le 3 octobre, ils entreraient comme pensionnaires, Landry à Lakanal, et Clairette au couvent d'Antony. Il déclarait en outre à cette dernière que, pour prévenir le retour de fréquentations fâcheuses et pour couper le mal à la racine, elle ne quitterait sa pension qu'aux grandes vacances. Donc, le jour de la rentrée, les enfants furent impitoyablement conduits à leur nouveau gîte : Fontenac escorta le Traquet à Sceaux, afin de le recommander tout particulièrement au prône ; Clairette fut confiée à Monique, qui pleura bruyamment à l'heure de la séparation et revint à Chanteraine le cœur gros.

Le régime de l'internat, avec sa règle méthodique et sa discipline rigide, parut très dur aux nouveaux pensionnaires. Il différait tellement de leur précédent mode d'existence, fait de rêveries paresseuses, de vagabondages en plein air et de libre fantaisie ! Clairette, surtout, en souffrit. Tendrement expansive comme elle l'était, elle se sentit froid au cœur dans cette maison glaciale où on l'avait cloîtrée. En dépit de ses rébellions et de ses irrévérences

de langage, elle aimait sérieusement son père et ne pouvait se consoler d'avoir baissé dans son estime et son affection. Elle avait la nostalgie de Chanteraine, du « laboratoire » encombré de livres et d'oiseaux empaillés ; elle regrettait amèrement tout ce qui appartenait à sa vie passée : les emportements rageurs de Fontenac, les gronderies bougonnes de Monique, même les querelles et les bourrades du Traquet. Malgré tout, elle avait un faible pour ce vaurien de frère, si égoïste et vaniteux, si sournois et si lâcheur, mais, en même temps, si agile de corps et d'esprit, si drôle et si enjôleur !... Sa turbulence et ses taquineries lui manquaient. Désorientée, au milieu des bonnes sœurs en cornettes et des élèves aux mines de saintes nitouches, elle demeurait inabordable, méfiante et farouche comme un animal sauvage. Pendant les heures de récréation, elle se terrait dans un coin ; elle y occupait ses loisirs à regarder les nuages que le vent d'Ouest emportait dans la direction de Chanteraine ; elle fermait les yeux, revoyait le mur où, masquée à demi par le feuillage léger du cytise, elle guettait l'apparition de Jacques Gerdolle derrière les poiriers du clos voisin. Elle pensait à Jacques avec une tendresse d'autant plus persistante que le fils du pépiniériste avait été la cause involontaire de sa claustration à Antony. Ces amours de la quinzième année sont pareilles aux herbes folles qui repoussent plus denses et plus obstinées à mesure qu'on s'acharne à les détruire. Elles ont la sève vivace et sans cesse renouvelée de ces liserons qui font le désespoir des jardiniers et qui, cependant, sont si charmants, délicats et purs. La sympathie qui inclinait Clairette vers Jacques Gerdolle était tout instinctive et innocente. Il n'y entrait encore aucun élément de sensualité dont elle eût à rougir. Elle le trouvait beau comme un héros de roman, et cette admiration ingénue suffisait à remplir son cœur d'adolescente. Son unique délectation, pendant les heures de solitude, consistait à se rappeler, par le menu, leurs brèves entrevues d'autrefois, et à se répéter, comme une délicieuse musique, les paroles, le plus souvent insignifiantes, qu'ils échangeaient : elle, juchée parmi les branches du cytise ; lui, campé au bas

lycée ; mais, comme il possédait un **bon** fonds de légèreté et d'insouciance, il s'**était** plus rapidement habitué que sa **sœur au** régime de l'internat et avait pris philoso-

PENDANT LES HEURES DE RÉCRÉATION, ELLE SE TERRAIT DANS UN COIN...

du mur. Son unique réconfort était de songer que le lycéen étudiait, comme externe, à Lakanal, et qu'il aurait l'occasion de s'y rencontrer avec le Traquet...

Quant à ce dernier, il avait, tout d'abord désagréablement pâti de sa réclusion au

phiquement le parti de s'accommoder **aux** mœurs de ses compagnons. Il déteste**ait** la solitude et ne se souciait pas de **faire** longtemps bande à part. Au bout de **quel-** ques jours, il se mêlait déjà familière**ment** aux bruyants plaisirs des élèves **de**

sa cour. Ses camarades, au début, ayant
essayé de le brimer, avaient très vite
acquis la conviction que le « nouveau »
ne se laissait pas intimider et rendait
coup pour coup. Après deux ou trois em-
poignades, d'où Landry s'était victorieu-
sement tiré, toute la cour avait déclaré
que Fontenac était un « chic type ». Les
drôleries du gamin, ses grimaces de clown
et les bons tours qu'il jouait aux pions, le
haussaient vite dans l'estime des copains
et lui valaient une popularité dont il
s'enorgueillissait. Il n'était donc pas trop
à plaindre ; moins sévèrement traité que
sa sœur, il pouvait sortir tous les dimanches lorsqu'il n'était pas consigné, ce qui
arrivait, malheureusement, au moins
deux fois sur quatre. Et puis, comme fiche
de consolation, il y avait les bonnes au-
baines, c'est-à-dire les visites mensuelles
de madame de Cormery. Celle-ci, pour
jouer son rôle de mère dévouée et pour se
faire bien venir de Landry, ne manquait
pas d'apparaître au parloir chargée d'un
copieux « fardeau » de licheries qu'on
partageait, ensuite, entre les camarades,
et que le Traquet payait par de flagor-
neuses et vives démonstrations d'amour
filial.

M. Fontenac, également, se montrait,
de temps en temps, au lycée : mais les
entrevues du père et du fils ne donnaient,
ni à l'un ni à l'autre, de notables satisfactions. Avant de faire appeler Landry,
Simon se rendait d'abord chez le proviseur, et là on lui communiquait les plaintes
des professeurs au sujet de la dissipation
et de l'insubordination de l'élève Fontenac, de sorte que la visite paternelle se
passait en reproches et en récriminations
véhémentes. Le Traquet courbait le dos
sous l'orage et abrégeait, autant que possible, l'entretien, qui se terminait géné-
ralement, de sa part, par un « ouf ! »
irrespectueux. Un jeudi, jour de parloir,
Simon venait de quitter Landry et causait dans le hall avec le censeur, lorsqu'il
vit entrer madame de Cormery, parée
d'une toilette tapageuse et les mains
chargées de friandises. Au même moment,
le gamin, qu'on était allé prévenir et qui

croyait son père parti, se précipita impétueusement vers sa mère, la débarrassa
des paquets, la remercia avec force embrassades et cajoleries, puis l'entraîna,
en riant, dans le salon. L'ancien juge,
qui n'avait reçu de sa progéniture qu'un
accueil sournois et réservé, fut profondé-

MADAME DE CORMERY.

ment blessé de cette mortifiante palinodie.
Brusquement, il tourna les talons et
s'éloigna, plein d'amertume.

« Cet enfant, songeait-il, est politique
et rusé comme un vieux diplomate : ses
caresses intéressées ne s'adressent qu'aux
gens qui flattent sa vanité ou ses vices ;
les embrassades qu'il prodigue à ceux

dont il espère tirer quelque profit ne sont que comédie pure. »

Il s'en revint écœuré et, pendant longtemps, s'abstint de toute visite au lycée.

Pâques ramena Landry, pour quinze jours à Chanteraine ; mais il n'y trouva pas l'agrément qu'il espérait. Ces jours de congé, passés solitairement en tête à tête avec Simon Fontenac, lui parurent absolument maussades. Clairette, avec ses espiègleries, sa gaillarde franchise, son goût pour les équipées aventureuses, ses rebuffades même, Clairette lui manquait. Sans elle, la maison lui donnait froid dans le dos. Aussi quand, le lundi de Pâques, Monique s'apprêta pour aller voir « la petite » à son couvent, le Traquet manifesta-t-il chaleureusement l'intention de l'accompagner.

L'adolescente, en apercevant Landry au parloir, poussa un cri de joie et lui sauta au cou. Elle laissa Monique en dévote conversation avec les sœurs et obtint la permission d'emmener son frère au jardin. Quand ils furent seuls en plein air, elle l'embrassa de nouveau fougueusement.

— Que je suis aise de te voir, mon mignon ! déclara-t-elle ; il me semble que tu apportes, avec toi, un peu de l'air et du soleil de la maison.

— La maison ! répondit dédaigneusement le Traquet, elle n'est pourtant pas rigolo depuis que tu n'y es plus. Mince de plaisirs !... Ma parole, j'aime encore mieux le *bahut*.

— Alors, interrogea Clairette, flattée, tu te plais à ton lycée ?

— Ma foi, oui !... On y fait de fameuses parties de barres, on embête les pions, on se promène en fraude dans le parc avec les copains... A propos, je rencontre de temps en temps, à la gymnastique, ton amoureux.

— Jacques ! s'écria étourdiment la jeune fille.

— Oui, le beau Jacques... Nous sommes devenus une paire d'amis ; il me prête sa bécane les jours de sortie et nous parlons souvent de vous, mademoiselle...

— Vraiment, il se souvient de moi ? murmura-t-elle en baissant les yeux.

— Il t'adore toujours, il en devient bête... à tel point qu'il a écrit des vers pour toi... C'est idiot ; mais il m'a prié de te les remettre, et chose promise, chose due... Je les ai là...

Il prit, dans sa poche, un portefeuille de basane où il serrait ses rares exemptions et en tira un papier rose plié en quatre.

— Donne ! s'exclama impétueusement Clairette.

Et, sans attendre, elle s'empara du carré de papier.

Elle le lut hâtivement, en se dissimulant derrière un massif de fusains. Il contenait de pauvres vers à la mesure boiteuse et aux rimes indigentes, mais tout imprégnés d'une tendresse enthousiaste. L'adolescente les savoura comme un fruit exquisement parfumé et devint rouge de plaisir.

— Je les garde, déclara-t-elle en repliant le papier rose et en le cachant dans son corsage.

— Sapristi, comme ça t'émotionne ! observa le Traquet... Puisque ce galimatias te fait tant de plaisir, tu devrais bien remercier mon grand ami par un bout de billet.

— Je n'oserai jamais...

— Va donc... Jacques y compte un peu et j'ai promis de lui rapporter une réponse... Hein ? c'est convenu ?... Je reviendrai samedi, avec Monique, et je me chargerai de ton poulet...

Clairette se décida à écrire, et, quand Landry renouvela sa visite au couvent, elle profita d'un moment où ils étaient seuls pour lui glisser dans la main une petite enveloppe cachetée.

— Mets ma lettre en poche et recommande bien à Jacques de la déchirer dès qu'il l'aura lue...

Désormais, à chacune de ses visites, le Traquet, qui y trouvait son profit, servit de messager entre le fils du pépiniériste et Clairette. Il amusait les religieuses par ses espiègleries, son bavardage, ses câlineries ; elles le choyaient et lui laissaient toute liberté de se promener dans le jardin avec sa sœur. Chaque fois, il apportait un billet de Jacques, et, chaque fois, Clairette, enchantée, lui confiait une réponse. Dans ces lettres griffonnées à la hâte, l'adolescente épanchait, à tort à travers, son enfantine passion ; son gentil cœur de fille étourdie s'y montrait dans toute sa grâce prime-sautière. Jacques, enthou-

de confuses espérances. Mais Simon Fontenac, devenu méfiant, la tenait de court, et Monique, surtout, exerçait une grondeuse surveillance. La jeune fille ne pouvait voir Jacques qu'à la dérobée, lorsqu'il rôdait près de la grille. Elle n'osait plus se risquer sur le mur, de peur d'éveiller les soupçons paternels. Elle était heureuse, néanmoins, heureuse de se sentir

ALORS, TU TE PLAIS A TON LYCÉE ?

siasmé, savourait avec délices ces billets d'amour candide. Il était trop amoureux lui-même pour avoir égard aux recommandations de son amie, et, loin de déchirer les lettres, il les enfermait comme autant de trésors dans un pupitre dont il gardait la clé suspendue à son cou.

On atteignit ainsi l'époque tant désirée des grandes vacances, et Clairette revint à Chanteraine, le cœur joyeux, tout gonflé

tout près de son bon ami et de respirer le même air que lui. D'ailleurs le Traquet servait de trait d'union, et la correspondance des deux amoureux ne chômait pas. Pour la première fois depuis que le frère et la sœur vivaient côte à côte, une affectueuse paix régnait entre eux ; jamais un nuage ne troublait leur entente cordiale. Monique n'en revenait pas. Simon Fontenac qui avait redouté, pendant cette période des vacances, le retour des querelles coutumières, se félicitait de pouvoir enfin se livrer à ses chères études sans en être distrait par les tapageuses prises de bec des deux « geais », et devenait moins ombrageux. Clairette, réjouie des bonnes dispositions de Landry, qu'elle attribuait naïvement à une recrudescence d'amitié, comblait son frère d'attentions et de petits cadeaux; celui-ci, que Jacques choyait également, se louait, fort du nouvel état des choses et s'employait de son mieux à servir sa sœur et son ami. Comme la surveillance de M. Fontenac se relâchait, il résolut même de leur ménager une entrevue. Un après-midi où Monique s'était absentée, il emmena Clairette au fond du jardin, déverrouilla une porte à claire-voie qui donnait sur la campagne, et, sous prétexte d'une promenade à travers champs, longea, avec sa sœur, le sentier qui limitait la pépinière de Gerdolle.

La moisson était terminée. Les chaumes, dépouillés, étendaient au soleil leurs blondes ondulations, semées, çà et là, de floraisons violacées, où bruissaient des sauterelles. De distance en distance, des meules en forme de soupières dressaient, en pleine lumière, leur massive architecture de javelles couleur d'or. Tout à coup, au détour d'une de ces meules, ils se trouvèrent face à face avec Jacques Gerdolle.

— Heureux hasard ! s'écria le Traquet en goguenardant, ou, plutôt, heureuse surprise que Bibi a arrangée... Maintenant, je vous laisse, vous devez avoir à causer... Je vais en griller une et je viendrai vous reprendre dans une heure.

Une fois seuls, Clairette et Jacques demeurèrent d'abord gauches et silencieux. Ce tête-à-tête, qu'ils avaient si ardemment souhaité, les laissait craintifs et décontenancés.

— Il y a un peu d'ombre au pied de la meule, commença enfin le rhétoricien ; ne voulez-vous pas vous y asseoir ?

— Comme il vous plaira, répliqua-t-elle.

Ils s'adossèrent à la base du tas de gerbes et le silence retomba entre eux.

Très haut dans l'air, au-dessus des champs moissonnés, d'invisibles alouettes chantaient, et leurs notes vibrantes semblaient la mystérieuse musique de l'azur.

— Quel beau temps ! reprit Clairette.

— Nous en avons pour jusqu'à la fin des vacances, affirma Jacques. Hélas ! Comme les jours filent... Dans une semaine ce sera déjà la rentrée... Est-ce que vous retournerez au couvent ?

— Sûr que oui !... Et vous, rentrerez-vous au lycée ?

— Non, papa prétend que dans notre métier, on n'a pas besoin d'être bachelier... J'irai à Versailles suivre les cours d'arboriculture.

Une tristesse ennuagea les yeux de Clairette :

— Alors, je... Nous n'aurons plus de vos nouvelles ?

— Si fait... Je reviendrai tous les soirs à la maison et je verrai toujours Landry aux sorties... S'il est consigné, par hasard, ajouta Jacques en riant, j'irai le visiter à Lakanal, et je lui donnerai mes lettres... Mais, vous, continuerez-vous à m'écrire, mademoiselle Clairette ?

— Pourquoi ne m'appelez-vous pas Clairette tout court, comme autrefois ? demanda la jeune fille, en tortillant dans ses doigts un brin de paille.

— Je n'osais pas... de peur d'être rabroué, comme une fois, quand vous me parliez du haut de votre mur.

— Dans ce temps-là, nous nous connaissions à peine... Mais, maintenant que nous sommes devenus de bons amis, je vous le permets... Alors, mes lettres vous font plaisir ?

— Elles sont ma seule joie... Avez-vous lu *Bérénice*, de Racine ?

— Non ; on ne nous tolère, au couvent, qu'*Athalie* et *Esther*.

— Dans *Bérénice*, il y a deux vers que je me répète toujours en pensant à vous :

Depuis cinq ans entiers chaque jour je la vois,
Et crois toujours la voir pour la première fois..

Eh bien ! avec une légère variante, il en est de même de vos lettres : depuis six

IL AVAIT SAISI UNE MAIN QUE CLAIRETTE NE RETIRAIT PAS.

mois, je les lis et crois toujours les lire pour la première fois...

— Comment, interrompit Clairette, contente et inquiète, vous ne les avez donc pas déchirées ?... Je vous l'avais pourtant bien recommandé !

— Je n'en ai pas eu le courage... Mais, ne craignez rien, personne ne les lira que moi... Elles sont enfermées en lieu sûr et à l'abri des curieux.

— C'est égal, dit-elle, boudeuse, vous

IL LES PARCOURAIT LENTEMENT L'UNE APRÈS L'AUTRE...

ne tenez pas vos promesses, et on ne peut se fier à vous.

— Clairette, protesta Jacques, ne soyez pas fâchée... Je vous aime tant !

Il avait saisi une main que Clairette ne retirait pas ; mais il n'osait ni la serrer dans la sienne, ni encore moins la porter à ses lèvres, bien qu'il en eût grande envie. Jacques était un timide. Élevé soigneusement par une mère très tendre, morte deux ans auparavant, il avait gardé, de cette éducation, des délicatesses toutes féminines, et baiser la main d'une jeune fille lui semblait une privauté trop audacieuse, presque inconvenante.

Ils furent surpris dans cette situation par le retour du Traquet.

— Méfiance ! dit le gamin, je viens d'apercevoir le père Gerdolle dans sa pépinière... Si vous ne voulez pas être pigés, brusquons les adieux et cavalons-nous !...

Cette fois, les deux mains se serrèrent précipitamment, les yeux échangèrent un regard tendrement douloureux ; puis le frère et la sœur s'esquivèrent, et Jacques resta pensif au pied de la meule...

En affirmant que ses lettres étaient en lieu sûr et que personne ne les lirait, le pauvre garçon se trompait cruellement. Depuis le commencement des vacances, Cyrille Gerdolle, instruit de la présence de Clairette à Chanteraine, surveillait de près les faits et gestes de son garçon. L'intimité de Jacques avec Landry, malgré la différence d'âge, lui parut d'abord suspecte. Sans en avoir l'air, il redoubla d'attention, épia les allées et venues du Traquet et acquit la conviction qu'une correspondance clandestine était établie entre son fils et la fille de Simon Fontenac. Continuant habilement son métier d'espion, il suivait Jacques comme son ombre, et quand le rhétoricien se retirait dans sa chambre, le pépiniériste le guettait en appliquant un œil au trou de la serrure ; si bien qu'un beau matin il vit son héritier extraire d'un pupitre un paquet de lettres nouées par une faveur rose. Le rhétoricien les parcourait lentement l'une après l'autre ; quand il fut au bout de sa lecture, il réintégra le paquet dans la cachette, soupira et ferma le pupitre à double tour.

Cyrille Gerdolle n'était pas gêné par les scrupules, et, d'ailleurs, il se croyait

tout permis, au nom de l'autorité paternelle. Le jour même du rendez-vous préparé par le Traquet, le pépiniériste, ayant
constaté l'absence de son garçon, s'introduisit dans la chambre de travail et se
dirigea tout droit vers le pupitre. A l'aide

lier qui menait à sa chambre. Encore tout
entrepris par les ivresses du tête-à-tête,
il éprouvait le besoin de continuer son
extase d'amour, en se délectant à la
lecture des lettres de Clairette. Mais à
peine eut-il jeté un coup d'œil sur la

A L'AIDE D'UN CISEAU IL FIT SAUTER LESTEMENT LA SERRURE...

d'un ciseau, il fit sauter lestement la serrure, s'empara de la correspondance de
mademoiselle Fontenac et s'en alla, sans
remords, la lire parmi les arbres de sa
pépinière.

. . . .

Après s'être séparé de ses amis, Jacques
regagna lentement le logis et gravit l'esca-

table qu'il s'aperçut du désastre. La
serrure avait été forcée et les lettres
avaient disparu. Suffoqué, indigné, mais
ne soupçonnant pas quel pouvait être
l'auteur de cette violation de domicile, il
bondit dans l'escalier et arriva au seuil
du jardin, juste au moment où Cyrille
Gerdolle revenait de sa promenade en
sifflotant.

— Papa ! s'écria-t-il hors de lui.

— Eh bien ! quoi ? interrogea flegmatiquement le pépiniériste, est-ce qu'il y a le feu ?

— Non, mais on m'a dévalisé, on a cambriolé mon pupitre !...

— Fais pas tant de raffut ! repartit Gerdolle en regardant son fils dans le fond des yeux ; le cambrioleur, c'est moi !

— Toi ?

— Parfaitement.

Il saisit le bras de Jacques et le poussa dans la pièce qui lui servait de bureau :

— Entre ici... Je te dois une explication... Je vais te la donner.

Il ferma soigneusement la porte, puis, se plantant en face de son fils effaré :

— Mon garçon, continua-t-il, j'aime pas les cachotteries. Depuis un bout de temps, je soupçonnais qu'il se manigançait quelque chose entre toi et les gens de Chanteraine. Ta grande amitié pour ce morveux de Landry, qui a quatre ans de moins que toi, m'a paru louche, et je me suis demandé si tu ne cultivais pas le frère pour galantiser plus à ton aise avec la sœur...

— Oh !...

— Ne te récrie pas et laisse-moi finir... Comme tu ne te pressais pas de me raconter tes affaires, j'ai voulu m'édifier moi-même sur la nature de tes relations avec la demoiselle de Fontenac... Tu es mineur, je suis responsable de tes actes, et c'était mon devoir de me renseigner... Donc j'ai ouvert ton pupitre, un peu violemment, je te l'accorde, et, comme je m'en doutais, j'y ai trouvé les lettres de ton amoureuse... Je viens de les lire. Bigre ! mon fiston, tu lui as donné dans l'œil à cette petite !... Elle t'adore, et te le chante sur tous les tons... Une gentille personne, cette Clairette !... Tout feu, tout flamme, et un peu avancée pour son âge, par exemple, mais un joli brin de fille... Mes compliments, tu es un heureux gaillard !

— C'est une indignité ! protesta Jacques, exaspéré ; rends-moi les lettres que tu m'as volées !

— Je m'en garderai bien, répliqua ironiquement Gerdolle ; elles sont trop

intéressantes !... Je suis en train de me brouiller avec le père Fontenac et j'aurai besoin de faire flèche de tout bois pour venir à bout d'un pareil mauvais coucheur... Non seulement, reprit-il avec un accent plus bref et plus impérieux, je ne te rendrai pas cette correspondance, mais tu vas me jurer ici de cesser absolument tout rapport avec la jeune fille et avec son garnement de frère.

— Et si je refuse ? riposta le rhétoricien, révolté.

— Si tu refuses, déclara froidement le pépiniériste, aussi vrai que je m'appelle Gerdolle, je t'expédie à soixante lieues d'ici, dans une ferme-école où tu auras le temps de te calmer, et, de plus, je remets aujourd'hui même les lettres de la demoiselle entre les mains du père... Ha ! ça te jette un froid, mon jeune coq !... Je ne dis pas, ajouta-t-il en se radoucissant, que je désapprouve ton goût et que mademoiselle Clairette ne serait pas une bru à mon gré... Mais nous avons, pour le quart d'heure, d'autres chiens à fouetter... Fontenac va devenir mon adversaire, et je ne veux point que tu entretiennes des relations avec mes ennemis. Laisse-moi jouer ma partie et ne te mets point, comme un étourneau, en travers de mes projets... Entendu, n'est-ce pas ?... Là-dessus, remonte dans ta chambre et tiens-toi tranquille ; sinon, il t'en cuira !...

Jacques s'en alla désespéré et la tête basse. Quand il fut dehors, le pépiniériste prit dans sa poche le mignon paquet des lettres de Clairette et l'enferma à double tour dans l'un des tiroirs de son bureau.

« Maintenant, murmura-t-il, nous pouvons marcher... »

X

On touchait à la mi-mai de l'année suivante, et le Conseil municipal avait été convoqué à l'occasion de la discussion du budget. La séance était pour huit heures et demie, et le soleil couchant glissait encore quelques rayons obliques dans la grande salle du premier étage

quand les premiers conseillers y péné-
trèrent. Cette pièce oblongue, éclairée
par quatre fenêtres, n'offrait, pour tout
décor, que deux faisceaux de drapeaux
tricolores et un buste de la République.
Une barrière en bois blanc la coupait dans
sa largeur. D'un côté, en avant de la cheminée, régnait une table ovale, tendue
d'un tapis vert, autour de laquelle sié-
geaient les conseillers, avec le maire et
et la bouche canine de Simon Fontenac.
Après que le maire, un gros cultivateur,
homme prudent et méticuleux, eut déclaré la séance ouverte ; après qu'on eut
procédé à la lecture du procès-verbal,
on attaquait le budget des recettes quand
Gerdolle demanda, de son air bougon,
à faire une observation préalable.

— J'ai, dit-il, une interpellation à
adresser à monsieur le maire. Je désire

LE MAIRE DÉCLARA LA SÉANCE OUVERTE.

l'adjoint au centre ; l'autre partie était
réservée au public, ordinairement clairsemé. Mais, cette fois, comme il s'agissait
de l'examen des finances communales,
l'assistance s'y entassait nombreuse et un
peu bruyante. L'assemblée municipale
se trouvait elle-même au complet. Parmi
les membres assis autour du tapis vert,
on distinguait la tête hirsute de Cyrille
Gerdolle, la mine provocante et la moustache en croc de Février, le visage mobile
savoir pourquoi l'administration, sans
avoir égard aux plaintes des habitants
de l'avenue Chanteraine, s'obstine à ne
pas installer le gaz dans cette partie
de la commune. Les riverains de l'avenue paient l'impôt comme les autres,
et ils ont droit, comme les autres, à être
éclairés.

Le maire, que les continuelles plaintes
du pépiniériste avaient le don d'agacer,
répondit brièvement que les ressources

municipales ne permettaient pas encore cette amélioration coûteuse.

— Si la commune n'a pas de ressources suffisantes, grommela Cyrille, c'est qu'elle le veut bien. Elle trouverait de l'argent si, comme c'est son devoir, elle exigeait une redevance annuelle des citoyens qui détournent indûment le cours de la Bièvre pour irriguer leur terrain... Moi-même, qui n'ai rien détourné, mais qui subis une servitude imposée par les propriétaires des fonds voisins, je suis prêt à payer pour le cours d'eau qui arrose ma pépinière.

Simon Fontenac s'agitait sur sa chaise.

— Tout ça est étranger à la discussion du budget, déclara-t-il. Je réclame la question préalable.

— Je demande la parole !

C'était la voix coupante d'Alfred Février, qui résonnait comme un coup de clairon. En même temps il se levait et, sans se soucier des murmures de quelques collègues, il jetait sur l'assemblée récalcitrante un regard de défi.

— Quoiqu'on prétende le contraire, affirma-t-il, la motion du citoyen Gerdolle se rattache étroitement à l'examen du budget, et je suis chargé par mon comité d'appeler l'attention de monsieur le maire sur une situation irrégulière, abusive, qui se prolonge aux dépens des intérêts de tous. Il s'agit d'une question de justice autant que d'une question financière. Certains propriétaires se sont permis de détourner à leur profit le cours de la Bièvre. On s'en émeut dans le pays ; on s'étonne que ce qui est défendu à de pauvres diables soit toléré de la part de quelques administrés plus riches et plus influents. Les membres de mon comité et moi cherchons en vain la raison d'une inégalité aussi anormale et antidémocratique... Monsieur Fontenac, qui m'écoute en ricanant, pourrait-il me répondre ?

— Puisqu'il plaît à monsieur Février de me mettre en cause, répliqua sèchement l'ancien juge, je vais l'édifier en deux mots : je n'ai pas détourné le cours de la rivière, j'ai trouvé les choses en état

lorsque je suis devenu propriétaire de Chanteraine, et j'ajoute que, si un bras de la Bièvre coule chez moi, il y coule légalement, en vertu d'une servitude créée au profit de mes ancêtres.

— Monsieur Fontenac, riposta Février ironiquement, parle de ses « ancêtres » comme un véritable seigneur féodal ; mais moi, qui ne suis qu'un simple populo, je me permets de lui demander s'il peut produire un titre établissant cette servitude?

— Je n'ai point de titre à vous montrer, avoua Fontenac après une seconde d'hésitation ; mais je puis invoquer une prescription plus que trentenaire, et cela vaut titre...

Si, à ce moment, le propriétaire de Chanteraine eût pris le temps d'observer les physionomies de ses collègues et l'attitude du public, il se fût vite aperçu que, pour la majorité des auditeurs, son argumentation paraissait médiocrement satisfaisante. Chez les esprits simplistes, autant l'exhibition d'un acte est réputée probante, autant l'invocation de la prescription éveille de méfiance Ils la considèrent volontiers comme un expédient équivoque et non comme une justification. La réponse hésitante de Fontenac fit une impression plutôt fâcheuse. Une prévention d'une autre sorte modifiait également les dispositions des assistants : pour ces villageois, la plupart nés dans le pays, l'ancien magistrat était le « Parisien », l'homme de la ville, antipathique au paysan, et les insinuations de Février venaient de ranimer une hostilité latente. Ce dernier, qui gardait son sang-froid et étudiait son entourage, devina, à certains symptômes, qu'il gagnait du terrain. Le maire lui-même, malgré ses bons rapports avec Fontenac, tenait, avant tout, à ménager l'opinion publique et semblait perplexe. Pourtant, mû par le désir de tout concilier, il essaya d'abord de rompre les chiens.

— L'incident est clos, bredouilla-t-il ; messieurs, revenons à l'ordre du jour !

— Pardon, objecta l'orateur, tenace, pardon, monsieur le maire, l'incident n'est pas clos le moins du monde et je n'ai pas fini... Monsieur Fontenac a parlé de prescription... En sa qualité d'ancien juge, il devrait mieux connaître la loi. Je me vois obligé de lui rappeler un article du Code civil dont je vais donner lecture...

Il tira de sa poche un volume in-trente-deux, qu'il feuilleta tranquillement ; après quoi, il déclara de sa voix perçante :

— Article 2.232 : « Les actes de pure faculté et ceux de simple tolérance ne peuvent fonder ni possession ni prescription. »

Il y eut, dans le public, des murmures et une excitation que le langage parlementaire traduit par ces mots : « Mouvement prolongé ». Février sentit qu'il était en train de conquérir ses auditeurs. Frappant son Code du plat de la main, il continua avec plus d'aplomb :

— Voilà la loi, messieurs, elle est claire. Je prétends que l'usage d'un bras de la Bièvre, par les *ancêtres* de notre collègue, ne se justifie que par une tolérance regrettable de la part de la commune ; pa conséquent, la prescription ne peut être invoquée...

— Prouvez-le ! interrompit rageusement Fontenac.

— Certainement nous le prouverons ! Nous en appellerons au souvenir des anciens du pays, nous vous amènerons des témoins qui ont entendu le propriétaire de Chanteraine exprimer lui-même des doutes sur la validité de cette prescription, dont il cherche à exciper aujourd'hui... Oui, monsieur Fontenac, nous vous opposerons des témoins sérieux et que je vous mets au défi de récuser !

Simon haussait les épaules ; mais, en même temps, il rougissait, et une gêne visible crispait ses traits mobiles. Ses collègues avaient remarqué son embarras ; ils éprouvaient une sourde joie à le voir poussé au pied du mur par cet enragé de Février, et ils commençaient à douter de son bon droit.

— Oui, poursuivait implacablement l'agent d'affaires, nous le prouverons ;

mais, pour que nous puissions établir régulièrement nos preuves, une enquête s'impose. Cette enquête, nous la devons à la commune lésée, à nos électeurs, à la conscience publique... Au nom de mon comité, je vous demande de la voter dès ce soir !

Au milieu des rumeurs croissantes, un conseiller fit signe qu'il voulait parler.

VOILA LA LOI, MESSIEURS, ELLE EST CLAIRE.

C'était un entrepreneur de maçonnerie, nommé Bourdaine, dont Fontenac avait fait réduire le mémoire et qui en gardait rancune à l'ornithologue.

— Messieurs, dit le maître-maçon Bourdaine, j'ai écouté d'abord avec méfiance les accusations de monsieur Février parce que je connais sa manie de suspecter constamment les intentions de ses collègues. Néanmoins, ses paroles m'ont ému et inquiété... Je ne sais encore qui a tort et qui a raison ; mais il me semble que, dans l'intérêt de l'administration et dans l'intérêt de monsieur Fontenac lui-même, il y a lieu d'éclaircir cette affaire. Nous ne pouvons pas rester dans le doute ; je me joins donc à un collègue dont je suis loin de partager toutes les opinions et je demande la nomination d'une commission de cinq membres, chargée d'ouvrir une

UN CONSEILLER FIT SIGNE QU'IL VOULAIT PARLER.

enquête et d'adresser, ensuite, un rapport au Conseil...

On approuva la proposition et on allait procéder à l'élection des commissaires, quand Février réclama de nouveau la parole.

— Citoyens, déclara-t-il, je ne veux pas influencer le vote de mes collègues, mais je tiens à ce que l'enquête soit consciencieuse et approfondie ; je vous propose donc de nommer, au nombre des commissaires enquêteurs, messieurs Ger-

dolle et Bourdaine, qui sont des enfants du pays, très expérimentés et ayant une parfaite connaissance du terrain litigieux. Quant à moi, je n'ai pas l'habitude de me mettre en avant ; cependant vous penserez peut-être qu'ayant pris l'initiative du débat, j'aie quelque droit à figurer parmi les membres de la commission. Dans tous les cas, je pose ma candidature.

Les audacieux en imposent toujours aux indécis. Février fut nommé, ainsi que Gerdolle et Bourdaine. Tandis que le secrétaire proclamait les noms des commissaires élus, Fontenac, pâle, nerveux et les lèvres plus que jamais agressivement retroussées, avait attiré à lui une feuille de papier sur laquelle il écrivait hâtivement quelques lignes.

Le maire allait lever la séance, quand l'ancien juge lui saisit le bras :

— Un instant, monsieur le maire ! Je regarde le vote d'une enquête comme une mesure de défiance prise contre moi. Voici ma démission, vous la transmettrez au préfet...

Il se coiffa rageusement de son chapeau et quitta la salle, tandis que des groupes tumultueux discutaient encore...

Peu après la séance, Gerdolle et Février se retrouvèrent autour d'une table du café voisin.

— Ç'a été chaud, dit le pépiniériste en choquant son verre contre celui de son copain, mais l'affaire est dans le sac ; à ta santé, mon vieux, et mes compliments !... Tu as bellement rivé son clou au Fontenac.

— Oui, répliqua modestement Février, je crois que ça marchera... Nous voilà tous deux de la commission ; avec Bourdaine, que je me charge de convertir, nous formerons la majorité et je me ferai nommer rapporteur... Je conclurai, naturellement, à ce que la commune intente un procès à l'empailleur d'oiseaux, et ça sera bien le diable si nous n'arrivons pas à le dégoûter de sa propriété.

— En tout cas, ça lui donnera du tintouin et ça dépréciera Chanteraine, conclut Gerdolle en vidant son bock... Après, qui vivra verra !

XI

Simon Fontenac, après avoir jeté rageusement sa démission au nez des conseillers municipaux, s'achemina, à grandes enjambées, vers Chanteraine. Le mauvais procédé de ses anciens collègues le blessait plus grièvement qu'il ne voulait se l'avouer. Il en souffrait moralement et même physiquement.

pelouses du jardin. Le faible glouglou de l'eau de la Bièvre lui remit plus vivement à l'esprit la méchante querelle suscitée par Février et Gerdolle. « Je ne me laisserai pas tondre la laine sur le dos, grommela-t-il ; ces imbéciles veulent la guerre, eh bien ! je me défendrai !... Je leur montrerai que j'ai bec et ongles... »

Pourtant, au fin fond de lui-même, il n'était pas trop rassuré. Il dormit mal et, le lendemain, dès le matin, il s'en alla à

IL S'EN ALLA CONSULTER UN AVOCAT DE SES AMIS.

siquement. Tandis qu'il regagnait son logis à une allure désordonnée, il fut plusieurs fois arrêté par une brusque douleur interne : il lui semblait que des doigts aigus lui pinçaient brutalement le cœur. Il rentra chez lui sans échanger une parole avec Monique, monta tout droit dans sa chambre, située au premier étage, et alla s'accouder tristement à l'appui de la fenêtre. La lune, déjà à demi rongée, émergeait au-dessus des platanes de l'avenue et semait de taches lumineuses les

Paris consulter un avocat de ses amis. Celui-ci, après que Simon lui eut raconté tout au long l'histoire du litige, hocha la tête et ne dissimula pas que l'affaire lui paraissait mauvaise.

— Au lieu de plaider, conseilla-t-il, tu agirais plus sagement en terminant cette contestation à l'amiable et en obtenant, moyennant une indemnité raisonnable, la confirmation de tes droits à la jouissance de la Bièvre.

— Mettre les pouces ! s'écria Fontenac,

jamais ! Si j'ai l'air de céder devant ces gens-là, ils s'enhardiront et me chercheront d'autres chicanes... Il y a là, pour moi, une question de dignité, et j'irai jusqu'au bout.

— Tu veux plaider, reprit l'avocat en le voyant s'entêter dans ses dispositions combatives, soit !... Dans ces affaires de cours d'eau, il y a toujours à boire et à manger... Attendons l'enquête ; ensuite nous trouverons peut-être un biais pour établir tes droits à invoquer la prescription...

L'enquête eut lieu, vigoureusement poussée par Gerdolle et Février. Parmi les témoins produits, on entendit le père Brincard, qui raconta la conversation surprise par lui entre Noël Fontenac et son fils. Ce dernier, à la vérité, demanda l'audition du propriétaire du moulin de Berny, qui affirma, au contraire, que la dérivation du bras de la Bièvre au profit du clos de Chanteraine était antérieure à la Révolution. Mais Gerdolle et Février récusèrent le témoignage en démontrant que le meunier avait intérêt à faire cette déposition, attendu que lui aussi jouissait indûment de la dérivation de la rivière. Bref, après bien des dits et contredits, après de nombreux incidents qui mirent la patience et les nerfs de Simon Fontenac à une rude épreuve, l'enquête fut close. Ainsi que Février l'avait prévu, les commissaires conclurent à l'introduction d'une instance contre leur ancien collègue et choisirent le marchand de curiosités pour rapporteur.

Des mois et des mois furent dépensés en paperasserie et en formalités : délibération du conseil déclarant qu'il y avait lieu à assigner le propriétaire de Chanteraine ; instruction de l'affaire dans les bureaux ; approbation préfectorale autorisant la commune à ester en justice... Tout cela prit du temps, car la machine administrative marche lentement ; tout cela accrut aussi l'irritation de l'ancien juge et contribua fort à altérer sa santé. Avant que l'affaire fût en état, il ressentait déjà les premiers symptômes d'une affection grave. Les mouvements du cœur deve-

naient précipités et irréguliers ; il semblait que l'organe soudainement accru envahît toute la cavité de la poitrine ; la succession trop rapide des pulsations gênait la respiration ; Simon pâlissait, s'angoissait et était soudain pris de défaillance.

Enfin, dans le courant de 1890, le dossier de l'instance fut mis entre les mains de l'avoué de la commune et le papier timbré commença de pleuvoir à Chanteraine. Fontenac ne décolérait pas et usait de tous les moyens dilatoires que lui fournissait l'arsenal de la procédure. Par suite de ces divers ajournements, l'affaire ne put être jugée avant l'époque des vacances. Elle resta au rôle jusqu'en novembre. De remises en remise , de renvoi en renvoi, elle ne fut plaidée que vers la fin de décembre, et le tribunal ne se prononça que dans la première quinzaine de janvier 1891. Le jugement, déclarant le défendeur non-fondé invoquer la prescription, le mettait en demeure de payer à la commune une redevance annuelle de cent francs et, dans le cas où il s'y refuserait, autorisait les demandeurs à faire exécuter, aux frais de la partie adverse, les travaux nécessaires pour rendre la Bièvre à son cours naturel ; en outre, Fontenac était condamné à tous les dépens.

Furieux, le propriétaire de Chanteraine ne voulait d'abord rien entendre et jurait qu'il irait en appel. Néanmoins, effrayé par les fâcheux pronostics de son médecin, qui lui interdisait toute nouvelle agitation morale et le menaçait d'une dangereuse aggravation de son état maladif, il finissait par obéir aux conseils désintéressés de son avocat et se résignait à acquiescer au jugement. Abreuvé de dégoûts par la perte de ce procès, il se cloîtrait dans son logis de Chanteraine et y passait son temps à maudire ses juges et à récriminer contre l'ingratitude des habitants de la commune. Sa misanthropie farouche et ses humeurs noires étaient encore accrues par de cruelles déceptions domestiques. Il ne pardonnait toujours pas à Clairette son ancienne et enfantine passion pour le fils de Gerdolle.

S'obstinant dans sa rancune, il découra-geait, par de méfiantes rebuffades, les élans affectueux de la jeune fille et se privait ainsi stoïquement des consola-tions qu'aurait pu lui apporter cette tendresse filiale. D'un autre côté, son amour-propre souffrait des échecs uni-versitaires de Landry, qui venait d'être refusé pour la seconde fois au baccalau-réat. Aussi l'avait-il interné dans une « boîte à bachot », en lui signifiant qu'il n'en sortirait que pourvu de son diplôme.

Pendant que ces cruels déboires assom-brissaient la maison de Chanteraine, le pépiniériste Gerdolle se félicitait du succès de ses combinaisons. Avant de commencer les hostilités et de porter l'affaire devant le Conseil municipal, il s'était prudemment empressé d'éloigner son fils. Il savait que les amoureux sont de leur nature très expansifs et prompts à la tentation. Il ne se souciait pas que le jeune homme, se retrouvant avec les enfants Fontenac et subissant les séduc-tions de Clairette, fût amené involontai-rement à contrecarrer les manœuvres paternelles. Sans mettre à exécution ses menaces d'exil, il s'était contenté d'ins-taller Jacques à Versailles et de lui inter-dire jusqu'à nouvel ordre, dans l'intérêt de ses études d'arboriculture, le séjour de l'avenue de Chanteraine. Le garçon, per-suadé qu'en cas de résistance Gerdolle serait homme à abuser des lettres de Clairette et à les montrer à Simon Fon-tenac, avait obéi scrupuleusement et s'était tenu coi. De sorte que le Traquet, après s'être à deux reprises cassé le nez contre la porte du pépiniériste, avait renoncé à cultiver une amitié qui se déro-bait. Facilement rebuté et facilement oublieux, il ne s'était plus inquiété de son ancien copain, et Clairette était restée sans nouvelles de Jacques.

Tranquillisé sur ce point, Cyrille Ger-dolle avait pu se donner tout entier à la mise en train de ses projets de vengeance. Sa manœuvre avait réussi à souhait ; maintenant que l'ennemi était à terre et la bataille gagnée, il se frottait les mains et jubilait. Toutefois, toujours réservé, il

triomphait silencieusement et attendait avec patience l'occasion de tirer profit de sa victoire. « Le fruit est noué, se disait-il en son langage professionnel, mais il faut le laisser mûrir. Quand il sera à point, je n'aurai qu'à l'effleurer du doigt et il me tombera tout bellement dans la main. »

Et le temps recommença à couler dou-cement, lentement comme l'eau de la Bièvre ; le mois de février arrosa de ses pluies les pépinières effeuillées ; mars, avec son vent de galerne, sécha les prai-ries inondées ; avril y fit épanouir les pre-miers coucous et les premières violettes. Simon Fontenac continua de broyer du noir dans sa maison vide où Monique déplorait l'absence des enfants. Gerdolle ne bougeait pas ; il se bornait à surveiller ses plantations du printemps et à activer au Conseil municipal l'exécution du juge-ment rendu au profit de la commune. Enfin, un beau matin de mai, il endossa en sifflotant son veston des dimanches et se dirigea, sans se presser, vers la grille de Chanteraine.

Ce fut Firmin, le jardinier, qui lui ouvrit et qui alla prévenir son maître de cette visite inattendue. Pendant ce temps le visiteur, demeuré seul, longeait distrai-tement le canal de la Bièvre à demi tari par les travaux de dérivation qu'avait commencés la commune. Mais ce n'était pas ce lit desséché qui attirait son atten-tion ; ses regards se fixaient obstinément sur la plate-bande de pétunias, au centre de laquelle se dressait un robuste cerisier où les bouquets de fleurs blanches appa-raissaient encore, et la vue de cet arbre fruitier lui remémorait le mystérieux récit du père Brincard : « Bon, pensait-il avec un mouvement de secrète satisfac-tion, le cerisier est resté en place et aucune fouille n'a été faite... Les bibelots pré-cieux sont toujours là... » Il contemplait, sourdement ému, ce tertre ovale et bombé en manière de tumulus et voyait, en ima-gination, la caisse enfouie sous la terre, pleine d'objets d'or et d'argent. Son cœur se gonflait de convoitise à l'idée de ce trésor insoupçonné...

Il fut interrompu dans sa méditation par une voix rageuse qui sifflait derrière lui :

— Pardon, monsieur Fontenac, répondit-il en se retournant flegmatiquement, vous faites erreur... Je viens chez vous, au

SES REGARDS SE FIXAIENT OBSTINÉMENT SUR LA PLATE-BANDE DE PÉTUNIAS,

— Que me voulez-vous ?... Est-ce pour examiner votre œuvre et pour me narguer que vous venez ici ? lui criait Simon Fontenac.

contraire, avec des intentions absolument conciliantes, pour vous proposer une solution qui vous sera peut-être agréable... Mais nous serons mieux dans votre cabinet

pour causer sérieusement, et si vous voulez bien me montrer le chemin...

— Soit... Suivez-moi !... répliqua Simon
en l'introduisant dans son « laboratoire »
du rez-de-chaussée... Qu'avez-vous à me
dire? ajouta-t-il brusquement, quand la
porte se fut refermée sur eux.

— Monsieur Fontenac, reprit Gerdolle
en se découvrant, je comprends que vous
soyez vexé de la décision du tribunal. Il
est certain que le nouvel état des choses
déprécie grandement votre propriété ;
mais l'intérêt de la commune avant tout !
J'ai conscience d'avoir rempli mon devoir
de conseiller, en aidant à détruire un
abus... Pourtant, je ne suis pas un méchant homme, et je regrette d'avoir été
la cause indirecte de la moins-value subie
par votre terrain. J'ai des scrupules et je
suis prêt à vous offrir, en ce qui me concerne, un dédommagement.

— Un dédommagement? Vous? grommela ironiquement l'ancien juge... En
vérité, voilà un scrupule qui me sur-
prend !

— C'est pourtant comme ça, répliqua le pépiniériste, et voici l'objet de
ma visite... J'ai besoin d'étendre mes
plantations, et votre terrain étant dans
mon voisinage immédiat, j'aurais envie
de l'acheter... La maison me sera inutile,
la propriété ne vaut plus ce qu'elle valait,
mais j'aurai encore avantage à ce que ma
pépinière soit d'un seul morceau, et je
suis décidé à être coulant... En un mot,
voulez-vous me vendre Chanteraine?
Je ne lésinerai pas sur le prix... Cinquante
mille francs payés comptant, le jour de la
cassation de l'acte.

— Cinquante mille francs? répéta
sarcastiquement Fontenac.

— Oui, en espèces sonnantes... Au
jour d'aujourd'hui, vous ne trouveriez pas
à vous défaire de votre immeuble à de
pareilles conditions.

— Et où prenez-vous que je cherche
à m'en défaire? s'écria Simon en éclatant...
Ma propriété n'est pas à vendre... Le
fût-elle, je préférerais la donner pour rien
que de faire affaire avec vous !... Monsieur
Gerdolle, continua-t-il en ouvrant les deux
battants de la fenêtre, regardez bien
Chanteraine, c'est la dernière fois que
vous le voyez, et vous n'y remettrez plus
les pieds !

— Pas besoin de vous emporter, monsieur Fontenac. Vous ne voulez pas
vendre?... A votre aise, n'en parlons plus...
Et, poursuivit Gerdolle d'un ton goguenard, pour vous prouver que je suis un
brave homme et que je ne pars pas fâché,
je vais vous faire une restitution amiable...

Il tira de sa poche un paquet de lettres
qu'il jeta sur le bureau.

— Qu'est-ce que c'est que ça? demanda Simon, interloqué.

— Ce sont des billets doux de votre
demoiselle.

Pâle, les dents serrées, l'ornithologue
s'était saisi du paquet dont il dénouait
fébrilement la faveur rose. Du premier
coup d'œil, il avait reconnu l'écriture de
Clairette et il froissait les lettres dans sa
main.

— Lisez-les, continuait le pépiniériste
avec une affectation de bonhomie, c'est
une lecture intéressante et elle vous amu-
sera comme elle m'a amusé... Elle écrit
gentiment, la petite, et elle a tapé dans
l'œil de mon garçon !... Hé ! hé ! puisque
nous ne nous sommes pas entendus pour
Chanteraine, il y aurait peut-être encore
un moyen d'arranger les choses en ma-
riant ces deux jeunesses-là...

Il n'eut pas le loisir d'achever : exaspéré, Simon Fontenac s'était jeté sur lui
et, l'empoignant à la cravate, le serrait
violemment, au risque de l'étrangler :

— Drôle, grognait l'ornithologue entre
ses dents, je t'ôterai l'envie de te moquer
de moi... Va-t'en, ou je te tords le cou
comme à une mauvaise bête !

Aux cris de putois poussés par Gerdolle,
Monique et Firmin accoururent et restèrent ébahis à la vue de leur maître qui
hochait le pépiniériste ni plus ni moins
qu'un prunier. En apercevant ses domestiques, Simon eut honte de son emporte-
ment et lâcha sa victime, qui avait la
face cramoisie et les yeux hors de la tête.

— Vous autres, dit Gerdolle d'une voix
enrouée, vous êtes témoins des violences

FONTENAC S'ÉTAIT JETÉ SUR LUI, LE SERRAIT VIOLEMMENT AU RISQUE DE L'ÉTRANGLER.

de ce fou furieux... Vous en déposerez en justice, car je vais de ce pas porter plainte à la police...

Il ramassa son feutre, Firmin l'emmena dehors et il s'éloigna en montrant le poing. Quant à Fontenac, il s'était affaissé sur un fauteuil et haletait à son tour. La colère avait provoqué une crise ; il défaillait, et tandis que Monique s'empressait à son secours, il sentait au dedans de lui comme une griffe qui lui déchirait la poitrine.

XII

Les jours continuèrent de couler, lents ou rapides, suivant l'âge des gens ; car si le temps paraît fuir avec la vélocité d'une hirondelle lorsqu'on touche à la maturité, en revanche, il ne marche jamais assez vite au gré des jeunes. Quand nous sommes enfants, il nous semble que nous n'arriverons jamais à la vingtième année. Une fièvre impatiente nous agite, et l'impatience, comme l'insomnie, allonge démesurément les heures. C'est sans doute aussi pour cette raison, qu'au début de la vie ses impressions se gravent plus profondément dans notre cerveau.

Au fond de son couvent d'Antony, Clairette, en particulier, était en proie à cette illusion de l'allongement infini des heures. Elle touchait à sa vingtième année ; mais la rigueur ombrageuse de son père la tenait dans un isolement pénible. La rancune de Simon Fontenac s'était encore exaspérée à la lecture des lettres que Gerdolle avait, lors de leur dernière entrevue, déposées perfidement sur son bureau. Aigri par ses déboires et par son état maladif, Simon pardonnait moins que jamais à sa fille cette innocente passion pour le fils de son ennemi. Il la considérait comme une créature encline à mal faire et dont le couvent pouvait seul refréner la perversité précoce. Aussi, aux dernières vacances de septembre, n'avait-il autorisé que pendant une quinzaine sa présence à Chanteraine et,

depuis cette époque, il avait sévèrement maintenu Clairette loin de la maison. Pourtant, le danger qu'il redoutait était purement chimérique, car Jacques Gerdolle ne se montrait que rarement au logis paternel, et toutes relations étaient interrompues entre lui et la jeune fille. Le Traquet lui-même, lors de ses rares visites au couvent, n'apportait plus aucune nouvelle de son ancien ami et l'accusait d'être un « lâcheur ». Clairette se croyait donc complètement oubliée et ne pensait qu'avec un sentiment de contrition mélancolique à ce premier et unique amour évanoui. Il ne lui apparaissait maintenant que comme un de ces éblouissants météores qui traversent le ciel d'une nuit d'été, y jettent une exquise lueur d'aube et s'éteignent brusquement à l'horizon.

Dans ce cœur aimant, débordant de sève printanière, dans cette nature impulsive, l'oublieuse indifférence de Jacques et la persistante rancune de Simon Fontenac produisirent une évolution inattendue. Trompée par les affections humaines, Clairette se rejeta violemment vers l'amour divin. Sa tendresse purement profane se changea en une mystique ferveur religieuse. Elle ne lisait plus que des livres pieux : l'*Imitation*, l'*Introduction à la Vie dévote*, la *Vie de Marie Alacoque*. Pendant les heures de récréation, on la voyait fréquemment se glisser dans la chapelle. Agenouillée, la tête plongée dans les mains, elle s'absorbait en de mystiques adorations. Elle se confessait souvent, communiait tous les dimanches et, au réfectoire, s'imposait de rigoureuses privations. Cette conversion inespérée chez une enfant autrefois si indisciplinée et si entreprise par les préoccupations charnelles, édifia d'abord les religieuses de la Croix, qui y virent un coup de grâce : mais l'exagération même de ce zèle dévot leur donna à réfléchir ; elles craignirent que ce brusque changement de régime n'altérât la santé de leur élève, et la Supérieure crut devoir avertir le père des nouvelles dispositions de sa fille. Simon Fontenac répondit que Clairette avait un esprit fantasque et tombait facilement d'un excès dans un autre. « Toutefois, ajouta-t-il, je préfère encore cette piété exaltée aux frivolités et aux dissipations d'autrefois ; si elle a réellement la vocation monastique, je ne suis pas homme à m'opposer à ce qu'elle entre en religion. Je suis persuadé, au contraire, que le régime du cloître sera, pour cette nature mal équilibrée, plus salutaire que la vie mondaine. Je suis donc d'avis que ma fille passe toutes les vacances prochaines au couvent. Si elle persévère dans ses nouvelles idées, comme elle atteindra bientôt sa majorité, vous jugerez vous-même, ma mère, si elle est mûre pour la vie religieuse et si elle peut subir l'épreuve du noviciat. »

Rassurées par cette épitre paternelle, qui leur laissait carte blanche, les bonnes sœurs n'hésitèrent plus à encourager les pieux élans de cette jeune âme et à la diriger dans les voies de la perfection chrétienne, c'est-à-dire vers le cloître. Elles s'y employèrent avec délectation pendant les derniers mois de l'année. Mais alors ce fut Clairette qui se sentit tourmentée par des scrupules de conscience. A la veille de se séparer du monde et de s'enfermer dans le cercle étroit de la règle conventuelle, elle éprouvait de sourdes terreurs. Toute sa jeunesse protestait contre cette immolation ; les souvenirs de ses libres et tumultueuses années d'adolescence lui revenaient au cœur avec de confus regrets. Elle essayait de les chasser comme des suggestions de l'Esprit du Mal et elle se réfugiait à la chapelle pour y mieux résister à la tentation. En dépit des agenouillements et des oraisons jaculatoires, elle avait des heures de sécheresse qui lui inspiraient de pénibles doutes sur la solidité de sa vocation. Seules, l'approche des sacrements, l'intime poésie des cérémonies rituelles, les voix pures des religieuses chantant au chœur, la musique de l'orgue, la réconfortaient dans sa foi, redonnaient l'essor à ses envolées religieuses, lui faisaient honte de sa tiédeur et de sa pusillanimité.

Au milieu de ces alternances d'aridité et de ferveur les mois s'enfuyaient. Sou-dain, Clairette fut rappelée à la réalité et jetée hors de la vie méditative par un coup imprévu. Un matin, Monique accourut, apportant à Antony une grave et terrifiante nouvelle. Simon Fontenac, terrassé par une angine de poitrine arrivée à sa dernière période, redemandait sa fille. Il fallut obéir au plus vite et, sans même attendre le départ du tramway, la servante et sa jeune maîtresse firent à pied la demi-lieue qui les séparait de Chanteraine.

— Ah ! ma mignonne, gémit Monique, dès qu'elles cheminèrent toutes deux sur la grande route pavée, de chaque côté de laquelle des files d'ormeaux jaunis frissonnaient sous la brume d'octobre ; ma chère mignonne, ça va mal chez nous et votre papa est en train de tomber en *abouit*... Il est maigre quasiment comme une trique et il ne peut plus rattraper son souffle. Ce matin il suffoquait cruellement et j'ai cru qu'il allait passer...

— Que dit le médecin? questionna Clairette dont les yeux se mouillaient.

— Rien... Il hoche la tête comme un âne ennuyé par les mouches et il prétend que la maladie vient du cœur... Mais moi je soutiens qu'elle vient surtout de la tablature donnée à mon maître par ce *chetit* gas de pépiniériste.

— Monsieur Gerdolle? murmura la jeune fille, qu'a-t-il fait à papa?

— Des misères... Ils étaient tous deux en bisbille rapport à l'eau de la Bièvre, et un jour ils ont eu une explication chez nous... Faut croire que le pépiniériste a lâché quelque insolence, car votre papa, qui n'est point endurant, lui a sauté à la gorge... Il l'aurait, ma fi, étranglé si Firmin et moi nous n'avions réussi à bouter dehors le gars Gerdolle. Pour lors, méchant drôle s'est plaint au commissaire, qui a dressé procès-verbal, et ils ont assigné votre père en police correctionnelle. M. Fontenac, malgré les conseils de ses amis, s'est entêté à ne point aller au tribunal, et dame, comme il n'était pas là pour se défendre, les robes noires l'ont condamné par défaut à deux jours de prison et trois cents francs d'amende...

C'est-il Dieu possible ! un ancien juge !... Cette avanie-là l'a achevé... Il s'est mis au lit et il y a souffert ainsi qu'un damné... A c't'heure, il n'y a plus d'huile dans le *chaleuil* (la lampe). Il s'en doute bien, le pauvre monsieur !... On l'a administré hier et il m'a commandé d'aller vous *quéri* dare dare...

Il s'en va, hélas! il s'en va, et grand train...

Elles étaient arrivées à Chanteraine. La grille leur fut ouverte par Landry qui les attendait. Le Traquet avait la mine consternée et les traits tirés. La terrible image de la mort le hantait pour la première fois et bouleversait toutes ses idées.

MA CHÈRE MIGNONNE, ÇA VA MAL CHEZ NOUS.

— A-t-on prévenu mon frère ? demanda Clairette entre deux sanglots.

— On n'en a pas eu besoin... Monsieur Landry était revenu chez nous depuis l'avant-veille, ayant enfin passé son *baclauréat*... Ah ! bonnes gens, faut que mon pauvre cher maître soit chu bien bas, pour que c'te bonne nouvelle ne l'ait point seulement tiré de sa *languition*...

— Ah ! Landry, sanglota Clairette en le serrant dans ses bras, quelle épreuve !... Est-ce que vraiment papa est aussi mal que Monique l'a dit ?

— Ça ne va pas, répondit le Traquet, viens vite là-haut... Il ne cesse de te demander.

Ils gagnèrent le premier étage. La porte de la chambre à coucher était restée entre-

LA GRILLE LEUR FUT OUVERTE PAR LANDRY QUI LES ATTENDAIT.

bâillée. Ils s'avancèrent sur la pointe des pieds jusqu'au lit de fer où le malade, accoté à une pile d'oreillers, se tenait assis dans une demi-somnolence. A la violente crise du matin succédait une torpeur fiévreuse. Il restait là, les yeux clos, la poitrine soulevée à chaque instant par une courte respiration, et sa pâleur, son

— Enfin ! soupira-t-il en tournant vers sa fille un regard trouble, il est temps !... Le Traquet aussi est de retour... Vous ne m'abandonnerez plus ; j'ai besoin de vous pour traverser cette eau de la

IL RESTAIT LA, LES YEUX CLOS, LA POITRINE SOULEVÉE PAR UNE COURTE RESPIRATION.

amaigrissement, étaient tels qu'il semblait déjà frôlé par l'aile de la mort...

Clairette s'agenouilla et baisa tendrement la main exsangue, émaciée, qui pendait hors du lit.

— Papa ! murmura-t-elle, me voici !...

Simon entr'ouvrit ses paupières alourdies :

Bièvre qu'ils ont fait passer dans ma chambre... Elle m'asphyxie... Je m'y noierai, si vous ne venez à mon secours... Ils espèrent me dégoûter de Chanteraine... Mais je ne veux pas vendre... je ne veux pas !

En écoutant ces phrases décousues et en comprenant que la fièvre faisait délirer son père, Clairette eut un accès de désespoir ; des sanglots se nouaient dans sa gorge, mais elle se raidissait pour ne pas montrer son chagrin, et ses yeux demeuraient secs. Quant au Traquet, qui avait la sensibilité à fleur de peau et les larmes faciles des cœurs légers, il pleurait tout bas à l'autre extrémité du lit.

— Tranquillise-toi, papa, protesta la jeune fille d'une voix étranglée, nous ne te quitterons plus et nous ferons toutes tes volontés.

Simon la regarda de nouveau, ses yeux devinrent plus limpides et se rasséré-nèrent ; en même temps il retrouvait peu à peu sa lucidité.

— Ah ! c'est toi, Clairette ? reprit-il, tu vois, je suis bien bas... J'ai beaucoup souffert... et ton frère et toi, vous avez eu une grande part dans mes souffrances !... Je vous pardonne... Ne songeons plus qu'à votre avenir... Écoutez-moi bien, car je ne pourrai pas parler longtemps... Clairette, dans peu de temps tu seras le soutien de ton frère : sois une bonne fille et veille sur lui... Toi, Landry, tâche de t'assagir, obéis à ta sœur... Surtout restez ensemble à Chanteraine et ne vous laissez pas influencer par votre mère... Ah ! votre mère...

Une suffocation l'interrompit. L'effort qu'il avait tenté pour rassembler ses idées, et peut-être aussi l'agitation que produisait en lui le souvenir de madame Cormery, provoquèrent une nouvelle crise. Sa respiration s'embarrassa, son visage eut cette farouche expression d'angoisse qui annonçait l'approche du paroxysme. Il porta avec un geste désespéré ses mains à sa poitrine haletante :

— De l'air ! supplia-t-il, ouvrez la fenêtre...

Landry se précipita vers la croisée et l'ouvrit toute grande. Un coin de ciel gris s'encadra dans la baie rectangulaire. Le vent humide éparpillait au dehors des traînées de feuilles mortes. Des ramiers sauvages passaient et s'enfuyaient vers l'horizon. Les yeux de l'ornithologue se fixèrent avidement sur ces oiseaux dont le vol sonore allait s'affaiblissant. Une pâleur de cendre s'étendit sur sa face et sa tête roula sur les oreillers. Ses lèvres violettes se crispèrent et, dans ses efforts pour aspirer l'air, son menton se haussait, se baissait convulsivement, puis la syncope arriva.

A l'appel de Landry, Monique, suivie du médecin, parut sur le seuil. Le malade ne bougeait plus et la syncope semblait se prolonger plus que de coutume. Le docteur releva les paupières closes ausculta la poitrine immobilisée et hocha la tête :

— Fini ! murmura-t-il au bout de quelques instants, il ne souffrira plus...

Un éclatant sanglot répondit à cette cruelle déclaration. Clairette s'était précipitée vers le visage de son père et l'embrassait violemment. Monique se signa, s'agenouilla sur le parquet et marmotta un *pater* et un *ave*, qu'entrecoupaient des pleurs bruyants. Ainsi que l'avait annoncé le médecin, la mort, avec une furie d'oiseau de proie, avait fondu sur Simon Fontenac et l'emportait vers un pays d'où l'on ne revient jamais.

DEUXIÈME PARTIE

I

Simon Fontenac fut inhumé au petit cimetière de Fresnes, où reposaient déjà son père et son grand-père. Comme, ce jour-là, il pleuvait à verse, on pouvait facilement compter les invités qui accompagnèrent le cercueil du défunt jusqu'au tombeau de famille. Après la funèbre cérémonie, une voiture de deuil ramena à Chanteraine Clairette, Landry et Monique. La jeune fille, enfoncée dans une encoignure, comprimait avec son mouchoir les sanglots qui se pressaient sur ses lèvres ; sa pensée absente semblait errer encore sous les deux ifs qui ombrageaient la sépulture. Silencieuse et immobile, l'orpheline demeurait insensible aux cahots de la voiture drapée de noir et aux efforts tentés par Monique pour la consoler. Quant au Traquet, qui avait eu un chagrin sincère et une tenue très digne pendant le service, ses nerfs se détendaient peu à peu et il éprouvait un involontaire soulagement à songer que ce pénible cérémonial tirait à sa fin. Son esprit mobile ne

pouvait supporter une longue contrainte. Il se laissait déjà distraire par le spectacle de la pluie giclant sur la route, et par de frivoles réflexions sur le petit nombre des assistants qui s'étaient hasardés jusqu'au cimetière. Ce peu d'empressement des amis et des relations de son père mortifiait sa vanité, et il ne pouvait se tenir de s'en plaindre à haute voix.

— Que voulez-vous? répliquait la servante limousine en secouant les épaules, les vivants n'aiment pas à être mouillés... Pourtant, il y avait là quelques gens du pays : le maire et plusieurs conseillers...

— Ils nous devaient bien ça, riposta aigrement Landry, après toutes les couleuvres qu'ils ont fait avaler à papa !... Ma mère aussi était présente et j'ai remarqué également monsieur de la Guêpie... Il s'est conduit en véritable ami...

— Hon ! grogna Monique, c'est justement ces deux-là qui n'auraient pas dû se montrer.

— Comment? interrogea Landry sévèrement, qu'est-ce que vous avez à ronchonner?

— Rien, répondit la servante, je me parle à moi-même...

— En ce cas, dit rudement le Traquet, attendez d'être seule, hein ! pour vous adresser la parole...

On rentra à Chanteraine, et comme, en dépit de nos douleurs, la nature reprend impérieusement ses droits, le frère et la sœur s'assirent, dans la salle à manger, devant un déjeuner froid, cuisiné d'avance par Monique. Landry, doué d'un appétit robuste, s'attaqua vivement au pâté et

clara impétueusement Clairette... Réponds que je suis malade et que je garde la chambre...

— Fais pas ça ! protesta vivement Landry qui, lui, n'était pas fâché de voir du monde ; ce serait une impolitesse et une inconvenance !

— Je ne veux recevoir personne ! repartit obstinément la jeune fille, maman devrait le comprendre... Quant à toi,

IL TROUVA MADAME DE CORMERY ASSISE LANGUISSAMMENT SUR UN CANAPÉ.

au poisson, en homme auquel le chagrin a creusé l'estomac. Il avalait sa dernière bouchée quand on sonna à la grille, et peu après Monique apparut, l'œil allumé et la bouche pincée.

— C'est madame votre mère, annonça-t-elle, qui demande à vous embrasser... Ce La Guêpie est avec elle et ils sont entrés dans le salon quasiment malgré moi...

— Je ne veux recevoir personne ! dé-

si le cœur t'en dit, tu es libre d'aller au salon... Tu m'excuseras...

Le Traquet haussa les épaules et gagna une porte de communication... Il trouva madame de Cormery en élégante toilette de deuil, assise languissamment sur un canapé. M. de la Guêpie, le monocle dans l'œil, se promenait en examinant les tableaux et en maniant, sans façon, les bibelots épars sur la cheminée.

M. DE LA GUÊPIE MANIAIT, SANS FAÇON, LES BIBELOTS ÉPARS SUR LA CHEMINÉE

À la vue de Landry, la dame se leva et serra dramatiquement le jeune garçon dans ses bras.

— Ah ! mon pauvre enfant, soupira-t-elle, quelle triste journée !... Je voulais être la première à t'embrasser, à te dire, ainsi qu'à ta sœur, quelle part je prends à vos peines, et combien je suis désireuse de vous prouver ma constante affection.

La Guêpie s'avança à son tour ; d'un air grave et condoléant, il secoua la main de Landry Fontenac.

— Mon cher, déclara-t-il, je ne vous prodiguerai pas de ces paroles banales avec lesquelles on cherche à alléger des douleurs que le temps seul peut guérir... Touchez là ! Je suis de cœur avec vous et vous pouvez compter sur ma bonne amitié.

— Mais où est donc Clairette? questionna madame Gabrielle, d'une voix déjà moins onctueuse ; est-ce qu'on ne l'a pas prévenue de ma visite?

— Ma sœur... expliqua Landry gêné, ma sœur est souffrante... Elle m'a prié de l'excuser...

— Ha ! s'écria madame de Cormery, froissée, il faut qu'elle soit bien malade, en effet, pour refuser de voir sa mère... Si elle garde le lit, elle pourrait, du moins, me recevoir dans sa chambre !... Enfin, je n'entends pas m'imposer ; mais tu lui diras que sa froideur m'est très pénible...

Il y eut une bonne minute d'un silence embarrassant ; puis La Guêpie reprit, pour rompre les chiens :

— Avez-vous l'intention de rester à Chanteraine?

— Certainement, affirma Landry, nous l'avons promis à mon père.

— Vous aurez absolument raison, se hâta d'approuver La Guêpie... La maison est confortable, bien que d'aspect mélancolique. Votre père y a vécu, votre aïeul l'avait décorée de tableaux de valeur et de bibelots rares... Noël Fontenac passait pour posséder de magnifiques pièces d'orfèvrerie de la Renaissance ainsi que de curieux objets d'art du XVIIIᵉ siècle...

C'était un fureteur et un veinard que votre grand-père ! Il avait acheté, à Lunéville, une pendule de Saxe, aux armes de Stanislas, roi de Pologne, dont on connaissait seulement le dessin et qu'on estimait, au bas mot, quatre-vingt-mille francs. Il possédait aussi, m'a-t-on assuré, un ostensoir flamand, découpé comme une dentelle, serti de cabochons et orné de statuettes, d'un travail admirable ; une « monstrance » du XVIᵉ siècle, provenant de l'abbaye d'Orval, et qui vaudrait à cette heure, rue Drouot, plus de deux cent mille francs... Ce sont de gros chiffres et il faudrait voir les choses de près, car tous ces anciens marchands de curiosités sont sujets à s'emballer... Je m'étonne de ne pas retrouver ces deux merveilles dans les vitrines de votre salon...

— Je n'ai jamais vu ça ici, répondit le Traquet, ébaubi.

— Les aurait-on vendues, par hasard?... Ce serait grand dommage, car, si elles sont authentiques, ces deux pièces représentent une fortune...

— Vrai? murmura Landry qui ouvrait de grands yeux ; en ce cas, je vais fouiller la case de la cave au grenier...

— Oui, faites des recherches, informez-vous, et, si vous retrouvez les deux objets, montrez-les-moi... Je m'y connais, je suis un vieil amateur et on ne me monte pas le coup... Je vous édifierai sur la valeur réelle de vos raretés...

— J'espère bien, moi aussi, ajouta Gabrielle de Cormery, en redevenant câline, que nous nous verrons souvent... Regarde ma maison comme la tienne, mon cher enfant, et dis à ta sœur que, si elle veut t'y accompagner, elle réjouira le cœur de sa mère... Allons, au revoir, à bientôt, n'est-ce pas?

Elle l'embrassa derechef, avec effusion, et Landry les escorta tous deux jusqu'à la grille, où stationnait un coupé. Avant de remonter en voiture, madame Gabrielle renouvela ses embrassades, et La Guêpie ses offres de service.

— Quand vous aurez, répéta-t-il, donné un libre cours à votre tristesse et que vous voudrez prendre l'air du monde,

Chanteraine 75

pensez à nous... On ne peut pas pleurer toujours et je serai heureux de vous procurer d'honnêtes distractions...

Ainsi que l'a observé Balzac, on ne sait pas assez « ce que sont les tiraillements de la loi sur une douleur vraie ». Clairette aurait voulu fermer sa porte aux fâcheux et se cloîtrer, pour ainsi dire, dans son deuil ; mais les exigences des formalités légales ne lui en laissèrent pas longtemps le loisir. Les deux enfants étant encore mineurs, il fallut obéir aux prescriptions du Code et recevoir les officiers ministériels chargés d'assurer l'exécution des mesures conservatoires. D'abord, le notaire de la famille vint inventorier le mobilier de la succession, ouvrir les tiroirs, compulser les papiers, et les deux héritiers durent assister à ces investigations. Au grand étonnement de sa sœur, le Traquet suivit, avec un vif intérêt, les opérations de l'inventaire. Il aidait les hommes d'affaires à fouiller les placards, les secrétaires et les vitrines, les guidait dans leurs allées et venues à travers les combles, les escortait jusqu'au fond des sous-sols et des resserres, sans les quitter jamais d'une semelle. Il n'avait pas jugé à propos d'instruire Clairette des confidences de La Guêpie, et la jeune fille ne savait trop à quoi attribuer cet empressement fraternel auprès des instrumenteurs.

Ce beau zèle ne fut malheureusement pas récompensé. Landry, dont le cœur palpitait à l'ouverture de chaque meuble, ne découvrit, nulle part, les deux mirifiques bibelots décrits par l'amateur et « qui valaient une fortune ». Dépité par cette déconvenue, il retomba dans son insouciance habituelle, ne se mêla plus de rien, et se borna à fumer des cigarettes avec le premier clerc.

Après l'inventaire, on s'occupa de la réunion du conseil de famille, composé de six parents ou amis, choisis moitié du côté paternel, moitié du côté maternel, et ce furent alors de longues et mortelles stations dans le cabinet du juge de paix, où Clairette se retrouva en présence de sa mère et dut se défendre contre les cajoleries insinuantes de Gabrielle de Cormery. Aux termes du Code, la tutelle appartenait, de plein droit, à cette dernière ; mais, à raison de sa situation de femme divorcée, le conseil jugea prudent de requérir l'émancipation immédiate de Landry, qui avait atteint ses dix-huit ans, et de Clairette, qui allait être majeure dans les premiers jours de l'année suivante. Cette proposition ayant été accueillie par le juge, et un curateur leur ayant été nommé, le frère et la sœur purent enfin vivre en paix dans leur solitude de Chanteraine.

Cet isolement et ce repos furent, pour Clairette, un soulagement. Landry lui-même supporta, avec une résignation philosophique, la retraite qui lui était imposée par son deuil récent et par le respect des convenances. Il s'associait docilement aux regrets de sa sœur, l'accompagnait dans ses quotidiennes visites au cimetière et lui tenait fidèlement compagnie pendant les longues soirées d'hiver. Néanmoins, en son par-dedans, il trouvait cette claustration pesante ; les journées commençaient à lui sembler singulièrement longues, et il était à bout de sa sagesse, quand, en janvier 1892, sonna l'heure de la majorité de Clairette. Ce jour-là, la jeune fille voulut solenniser l'anniversaire de sa vingt et unième année ; elle assista à une messe matinale, porta des fleurs sur la tombe paternelle et, le soir, pour mieux marquer l'importance de cette date, un dîner plus délicat et plus copieux que de coutume réunit le frère et la sœur dans la salle à manger, où un luxe de lumière égayait les lambris de chêne. Cette petite fête intime, encore qu'attristée par de funèbres souvenirs, ne laissait point Landry insensible. La bonne chère et quelques verres de vin vieux le surexcitaient et l'attendrissaient. Au dessert, Clairette voulut profiter de son émotion et, lui tendant affectueusement les deux mains, dit gravement :

— Mon mignon, me voilà d'aujourd'hui majeure et maîtresse de mes actions ; mais cela ne changera en rien, je l'espère, notre intimité et nos façons de vivre. Tu trouveras en moi une grande sœur, et aussi un peu une petite mère, empressée à te rendre l'existence heureuse et à t'aider dans tes projets d'avenir, ainsi que je l'ai promis à notre pauvre papa. Pour commencer mon rôle, laisse-moi, ce soir, te parler sérieusement de notre situation matérielle. Je ne sais si tu as suivi les opérations du notaire chargé de la liquidation de la succession?...

Mais tu penseras certainement, comme moi, que nous devons nous conformer aux désirs de papa et qu'il ne peut pas être question de vendre la propriété...

— Sans doute, sans doute... acquiesça Landry en étouffant un bâillement.

— Nous sommes donc, poursuivit Clairette, à la tête d'un capital de cent soixante mille francs... Cela fait, pour chacun de nous, une petite aisance fort modeste

MON MIGNON, ME VOILA AUJOURD'HUI MAJEURE ET MAITRESSE DE MES ACTIONS...

— Très vaguement, répondit le Traquet, dont le front se rembrunit à l'idée d'une conversation d'affaires.

— Moi, j'ai voulu me rendre compte et j'ai lu les actes... Voici, après le paiement de quelques dettes, en quoi consiste notre avoir... Nous possédons, en argent et en valeurs mobilières, à peu près cent soixante mille francs, plus Chanteraine, qui en vaut environ quarante mille...

dont je me contenterai facilement pour ma part, mais qui ne pourra te suffire... Tu es un homme, tu auras plus de besoins à satisfaire, et des besoins assez coûteux... Par conséquent, il faut, dès à présent, te préoccuper de choisir une profession qui te permette de vivre plus largement. Y as-tu déjà songé?

— Ma foi, non... J'ai le temps, d'ailleurs, et ça ne m'embarrasse point... Je suis débrouillard et je trouverai vite chaussure à mon pied... Je n'aurai qu'un mot à dire à mon ami La Guêpie, qui a de belles relations et qui me dénichera vite une bonne petite sinécure.

La sœur aînée fronça les sourcils :

— Ce monsieur ne m'inspire aucune confiance...

— Oh ! toi, tu es pleine de préventions, tu as pris en grippe le pauvre La Guêpie, on ne sait pourquoi... C'est comme pour maman... Tu as tort de t'obstiner à ne pas lui rendre sa visite...

— Je conviens que mon aversion pour monsieur de la Guêpie et ma froideur à l'égard de maman peuvent paraître étranges et même blâmables aux yeux des étrangers ; mais je ne me soucie pas de l'opinion des autres... Maman et son ami ont été la cause des malheureux événements qui ont déterminé la maladie de papa. Cela seul suffirait à m'éloigner d'eux ; mais, en outre, en me montrant défiante et réservée, j'obéis aux ordres de notre pauvre père, à l'heure de sa mort... Il nous a formellement prescrit de ne pas nous laisser influencer par madame de Cormery, en même temps qu'il m'a recommandé de veiller sur toi et de ne jamais quitter Chanteraine... Tu ne peux pas avoir oublié cela, Landry, et tu as trop de cœur pour ne pas te conformer aux dernières volontés paternelles... Quant à moi, je suis décidée à les exécuter pieusement et rigoureusement. Je resterai ici, je te soutiendrai dans tous tes efforts pour te créer une position honorable ; je serai, pour toi, une sœur tendre et dévouée... Écoute-moi, mon mignon, et promets-moi, au nom de notre mort bien-aimé, d'avoir confiance en ta Clairette qui te chérit...

Visiblement ému, Landry se jeta au cou de sa sœur et lui promit tout ce qu'elle voulut.

— Alors, reprit celle-ci, tu vas songer sérieusement à choisir une profession... Si tu n'as pas de préférence marquée, je t'engage à faire ton droit et à entrer plus tard, comme notre père, dans la magistrature... Nous avons là des amis qui se souviennent de lui et qui te pousseront.

Le Traquet ne se sentait aucune préférence spéciale pour une carrière quelconque ; mais l'idée de faire son droit lui souriait assez. Cela évoquait, pour lui, l'existence libre et gaie des étudiants qu'il rencontrait dans le Quartier Latin. Il accepta immédiatement la proposition de sa sœur et Clairette fut enchantée de le trouver si docile.

— Merci ! lui dit-elle en l'embrassant, tout ira ainsi à merveille. Tu pourras suivre tes cours et revenir dîner et coucher à Chanteraine ; nous demeurerons ensemble... Tu verras quelle bonne petite vie je t'arrangerai ! Je ne te quitterai plus... Tu te souviens que j'avais d'abord envie d'entrer en religion ; mais la mort de papa a changé mes résolutions et, d'ailleurs, on peut faire son salut dans le monde aussi bien qu'au couvent... Je ne songe pas à me marier jamais, ajouta-t-elle avec un soupir et une nuance de mélancolie... Je me consacrerai tout entière à ton bien-être, à tes projets d'avenir... Je serai fière de tes succès...

— Clairette, s'écria Landry, dont les yeux se mouillaient, Clairette tu es une bonne fille et je t'adore !... C'est entendu ; dès que je le pourrai, je prendrai ma première inscription, et je piocherai ferme, tu peux te fier à moi !...

II

La boutique qu'Alfred Février exploitait rue de Rennes, de compte à demi avec madame Alicia Miroufle, ne ressemblait en rien aux aristocratiques magasins de curiosités des rues de Châteaudun ou de La Fayette. Elle ne brillait ni par le luxe de la devanture ni par le confort de l'installation. Une porte vitrée à un seul battant donnait tout de go accès dans un rez-de-chaussée, plus long que large, séparé, par une mince cloison, d'une sorte d'arrière-boutique où il fallait allumer le gaz en plein jour. Sur la rue, une simple fenêtre aménagée pour l'exhibition des bibelots, complétait l'étroite façade. L'éclairage du dedans était singulièrement diminué par un fragment de verrière gothique qui masquait le châssis supérieur de la porte, et par l'étalage de la vitrine, où s'étageaient des faïences, des cuivres et des étains, et où pendaient, en guise de rideaux, des bandes de broderies anciennes et des coupons de dentelles roussies. A l'intérieur s'entassaient, dans un mystérieux clair-obscur, un bric-à-brac de vieux meubles : commodes et chiffonniers Louis XV et Louis XVI, glaces surmontées de trumeaux peints, *panières* et maies provençales, lits bretons, étagères encombrées de plats de Rouen, de buires de Nevers et de plaques de Moustiers. Des verdures de Flandre tapissaient les murs et, au plafond, se balançaient d'antiques ustensiles de cuivre : chaudrons armoriés, lampes juives, lustres hollandais, lanternes de Venise. Dans tout cela, il y avait beaucoup de *vieux neuf* et d'objets habilement truqués ; mais on remarquait aussi quelques belles pièces authentiques. Lorsque, vers cinq heures de l'après-midi, le soleil déclinant filtrait à travers le vitrail de la porte d'entrée et promenait d'obliques rayons sur ce fouillis, des éclaboussures de lumière jaillissaient çà et là, mettant en valeur les ciselures d'une curieuse fontaine Renaissance, l'émail fleuri et ajouré d'une faïence de Niederviller ou bien les délicates sculptures d'une armoire normande. Février, qui se piquait d'un certain goût artiste, décorait, suivant la saison, les flancs d'une majolique italienne avec des géraniums rouges, des lis ou une gerbe de mimosas, et la jeunesse des floraisons vivaces faisait ressortir les grâces fanées, les couleurs éteintes de ces reliques du temps passé. En dépit de son manque de confort et de son désordre, cette obscure boutique de la rue de Rennes était fréquentée par de fidèles amateurs, parce que, aidé de l'expérience et des conseils de madame Mirouflе, Février s'était fait une spécialité des vieilles dentelles et des mousselines brodées à la main par nos patientes aïeules.

Ce jour-là, une tiède après-midi de la Chandeleur, le marchand de curiosités se trouvait précisément en conciliabule avec Alicia. L'ex-modiste avait profité du temps sec et du soleil pour quitter l'avenue de Chanteraine et entretenir son associé d'une opération financière qui lui tenait au cœur. Elle était escortée de sa nièce, Nine Dupressoir, et, afin de pouvoir causer tranquillement, le trio s'était retiré dans l'arrière-boutique uniquement meublée d'un fauteuil Louis XV à l'étoffe éraillée, d'un petit bureau de marqueterie et d'un cartonnier. Trois personnes avaient peine à s'y blottir. Courtoisement, Février avait cédé le fauteuil à madame Alicia et demeurait debout, accoudé au cartonnier, en face de Nine Dupressoir, qui dissimulait mal le profond ennui provoqué par cette conversation d'affaires. Le papillon de gaz, allumé pour la circonstance, jetait une lueur falote sur ces trois visages aux expressions différentes ; il semait de mouvantes touches de lumière sur les yeux ardoisés de Février et sur ses moustaches de chat fâché ; il laissait dans une discrète pénombre le savant maquillage d'Alicia, et caressait complaisamment la taille encore maigrelette, la peau blanche et les traits mignons de la nièce. Nine Dupressoir avait vingt ans passés, une mine benoîte de chattemite, des bandeaux noirs plaqués sur les tempes. Ses yeux, qu'elle tenait volontiers baissés, coulaient sournoisement, à travers l'épaisseur des cils, un regard futé, dont l'apparente ingénuité était corrigée par le provocant sourire d'une bouche rose aux coins retroussés. Elle avait l'air d'un ange qui rêve à des fredaines.

Madame Mirouflе lisait, à l'aide d'un face-à-main d'écaille, une note rédigée par Février.

— Mon cher Alfred, interrogea-t-elle après avoir achevé sa lecture, vous êtes sûr que votre emprunteur offre toutes les garanties désirables?

— Absolument sûr... Il est majeur et il a un oncle très calé, d'une santé déplorable, qui a testé en sa faveur.

— On peut toujours révoquer un testament, objecta la dame en hochant la

tête ; mais qui ne risque rien n'a rien ;
je consens donc à prêter, sur billet, les
huit mille francs demandés, aux con-

candélabres Empire dont l'authenticité
est douteuse...

— Parfaitement, j'y avais déjà

MADAME MIROUFLE
LISAIT A L'AIDE D'UN FACE-A-MAIN
UNE NOTE RÉDIGÉE PAR FÉVRIER.

ditions ordinaires : moitié en espèces,
moitié en meubles et objets d'art garantis
sur facture... Ce sera l'occasion de nous
défaire du bureau Louis XVI et des

songé... Quand pourrai-je toucher la
somme ?

— Un instant, ce n'est pas tout... Je
désire que le prêt ne soit fait que pour un

an, parce qu'à cette époque, j'aurai besoin de mon argent pour établir ma nièce, que je compte faire entrer comme associée dans une solide maison de confections.

— Mademoiselle Nine est donc sortie de pension?

— Oui, et je l'ai placée, en attendant, chez la dame qui m'a succédé, afin qu'elle s'initie au commerce et devienne une bonne acheteuse et une bonne vendeuse...

— Oh! déclara Février en lançant une œillade de connaisseur vers la future commerçante, mademoiselle Nine a tout ce qu'il faut pour réussir... Jolie comme elle est, les clientes ne lui manqueront pas... ni même les clients...

— Taisez-vous, mauvais garnement !... Heureusement, Nine est trop innocente pour comprendre vos sous-entendus... Elle a été sévèrement élevée, elle est sage et j'en répondrais comme de moi...

Tandis que Février, avec une nuance d'ironie, affirmait qu'il en était convaincu, et tandis que Nine jugeait à propos de baisser chastement les yeux, on entendit résonner le timbre de la porte de la rue. Le marchand de curiosités s'avança sur le seuil de l'arrière-boutique et aperçut Armand de la Guêpie, accompagné de Landry Fontenac.

Comme on l'a vu, le Traquet s'attendrissait facilement ; une fois ému, les promesses ne lui coûtaient rien et les bonnes intentions poussaient en son cœur aussi dru que des champignons après une pluie d'été. Il était merveilleusement impressionnable ; mais ses impressions avaient la fluidité des caractères écrits sur une eau courante : elles se dissolvaient et s'effaçaient à mesure. Tout d'abord, il s'était efforcé de prouver à Clairette qu'il voulait tenir sa parole. Dès le lendemain, il avait pris sa première inscription et s'était fait envoyer, à Chanteraine, un paquet de livres de droit qu'il étalait avec ostentation sur sa table de travail ; il suivait assidûment les cours de première année, et sa sœur le surprenait parfois en train de feuilleter le Code civil et les *Institutes*. Son zèle brûla pendant huit jours ; mais, le neuvième,

ce beau feu de paille s'éteignit à la première ondée.

Un matin, en arrivant à l'école, il lut une pancarte annonçant que le professeur, indisposé, ajournait son cours. Cette déconvenue l'affligea médiocrement, car il commençait à se lasser de son étonnante sagesse. Il alla prendre l'air du boulevard Saint-Michel, flâna nonchalamment à travers le Luxembourg ; puis, se trouvant à deux pas de la rue Madame et midi venant de sonner, il s'avisa qu'il serait convenable de rendre visite à sa mère et de lui demander à déjeuner. Naturellement, Gabrielle de Cormery le reçut comme l'enfant prodigue et tua le veau gras pour le fêter. Du coup, les belles intentions s'éparpillèrent, ainsi que les perles d'un collier brisé. Au dessert, La Guêpie survint, se récria sur l'heureuse rencontre, proposa à son jeune ami de l'emmener au Bois et, pendant la promenade, acheva d'embobeliner Landry en le faisant luncher au Pavillon d'Armenonville. Le Traquet trouva cet emploi de la journée beaucoup plus réjouissant que l'assistance à de fastidieux commentaires sur les *Institutes*. Il retourna fréquemment rue Madame et se laissa docilement initier, par La Guêpie, aux distractions de la vie parisienne.

De tout temps il avait été en admiration devant son nouvel ami. Armand de la Guêpie lui apparaissait comme le parangon de l'élégance, le prototype de l'homme du monde et du parfait gentilhomme. Il était fier d'être traité par lui sur le pied de l'intimité et de se mouvoir dans son rayonnement. Quant au bel Armand, il éprouvait une maligne joie à façonner à son image ce jouvenceau qui montrait de si bonnes dispositions, et à se constituer son professeur de plaisir.

— Mon cher, lui déclarait-il, le droit ne vous mènera à rien ; au bout de trois ou quatre ans d'études assommantes, vous arriverez à grossir la foule des avocats sans cause, la belle avance !... Vous userez vos fonds de pantalon et vous gâcherez vos années de jeunesse à vous remplir le cerveau de phrases creuses et de formules de chicane ; mais vous ne saurez rien de la vie. L'important, à l'époque où nous sommes, est de voir le monde, de s'y créer des relations avantageuses et d'y acquérir l'expérience des hommes. Laissez-moi faire, et, en moins d'un an, je vous en

bibelots. Ce fut ainsi que, par cet après-midi de la Chandeleur, il pénétra, avec son élève, dans la boutique de la rue de Rennes.

— Bonjour, monsieur de la Guêpie, dit Février, en saluant obséquieusement le

BONJOUR, MONSIEUR DE LA GUÊPIE, DIT FÉVRIER EN SALUANT OBSÉQUIEUSEMENT.

apprendrai plus sur ce point que tous les bavards de la Faculté.

Le Traquet le laissait faire et Armand le traînait partout dans « son monde » : à son Cercle, à l'Hôtel des Ventes, chez les marchands de tableaux et les amateurs de

collectionneur ; vous êtes bien aimable de m'honorer d'une petite visite.

— Je passais devant chez vous, répondit négligemment le visiteur, et je suis entré pour savoir si, dans vos derniers lots achetés rue Drouot, vous n'auriez pas

6

quelque toile intéressante ou quelque estampe du dix-huitième.

— Non, je n'ai rien qui soit digne de vous... sauf, peut-être, un beau cuivre du quinzième, que j'ai acquis dans une collection particulière... Tenez, ajouta-t-il en allant chercher, sur une étagère, un plat de cuivre jaune repoussé et ciselé, regardez-moi ça... Est-ce une perfection comme travail? Et pas une tache ! Une fleur de relief, une fraîcheur d'exécution !... On dirait que ça sort battant neuf de l'atelier...

La Guêpie examina le plat d'un clin d'œil et, le reposant dédaigneusement sur une table :

— Trop neuf, même, murmura-t-il... C'est « la grappe de Chanaan » ; à l'heure qu'il est, j'en connais dix exemplaires, chez les marchands de curiosités... Un truquage assez habilement exécuté, mais qu'on ne montre pas à un vieux singe comme moi, mon bon !... Mon jeune ami que voici ne s'y tromperait même point !

Et, comme Février regardait plus attentivement Landry, La Guêpie le nomma :

— Monsieur Landry Fontenac, un de mes élèves ; il a de qui tenir... Il est le petit fils de Noël Fontenac, un vieux collectionneur qui possédait la « monstrance d'Orval » et la fameuse pendule du roi Stanislas... Deux merveilles que Noël a si bien serrées dans un coin de sa maison qu'on ne les retrouve plus... Mais, le jour où nous mettrons la main dessus, il y aura du bruit dans Landerneau, je vous en réponds !...

Février renouvela son salut obséquieux et répliqua :

— J'ai connu de réputation Noël Fontenac, et j'ai connu aussi monsieur quand il était gamin... Seulement il a tellement changé à son avantage que je ne l'aurais pas remis...

Du fond de l'arrière-boutique, madame Alicia prêtait l'oreille à cette conversation. Quand elle entendit le nom de Fontenac, elle n'hésita plus à se montrer. Poussant devant elle sa nièce, elle esquissa une révérence et coula une œillade aguichante aux deux visiteurs.

Février crut devoir procéder aux présentations :

— Monsieur de la Guêpie et monsieur Landry Fontenac... Madame Alicia Miroufle et sa nièce.

— Oh ! dit l'ancienne modiste, nous voilà en pays de connaissance... Monsieur Landry est mon plus proche voisin, et, moi aussi, je l'ai connu tout enfant.

La Guêpie s'était incliné légèrement ; le Traquet, peu enchanté de la rencontre, allait répondre par un salut glacial, quand ses regards tombèrent sur Nine Dupressoir.

Au milieu des vieilleries entassées dans le magasin de bric-à-brac, la joliesse et la verdeur printanière de la nièce d'Alicia donnait une sensation de grâce et d'inattendu, analogue à celle du lis tigré, planté, par les soins de Février, dans une antique jardinière, et dont la hampe épanouie s'élançait des flancs du vase de majolique. Reflétées par une glace à trumeau accrochée au mur, la sveltesse et la blancheur de la jeune fille s'appariaient à la candide floraison des pétales retroussés du lis. Ses yeux, d'un bleu foncé, luisaient entre les cils noirs, se fixaient avec un sourire sur Landry Fontenac et le dégelaient totalement. Madame Alicia s'aperçut de la transformation opérée par ce regard câlin. Sa rancune contre les gens de Chanteraine s'était conservée très vivace, et l'idée lui vint de se venger sur le Traquet des dédains de feu Simon Fontenac et des airs méprisants de Clairette.

— Je suis comme monsieur Février, poursuivit-elle en minaudant, et j'aurais eu peine à remettre monsieur Fontenac, tant il a grandi et embelli.

Landry, en effet, était sorti de l'âge ingrat. Ses membres grêles avaient pris de la force, ses épaules s'étaient élargies, ses mouvements s'étaient assouplis. Ses cheveux châtains frisottaient autour de son front blanc ; ses yeux hardis et clairs pétillaient de malice, et une jeune moustache ombrageait sa bouche espiègle. Le tailleur de La Guêpie lui avait confectionné des vêtements d'une coupe irréprochable, qui mettaient en valeur sa taille menue et élégante. Le deuil qu'il portait assourdissait sa vivacité d'écureuil et lui donnait une gravité distinguée. Les compliments d'Alicia flattèrent sa vanité et adoucirent son humeur.

— Moi non plus, madame, répondit-il, je ne vous ai pas oubliée, et je me souviens d'avoir été au catéchisme avec mademoiselle Nine...

— Il ne tiendra qu'à vous de renouveler connaissance, se hâta d'insinuer Alicia... Je reçois quelques amis tous les dimanches et je serais ravie si vous vouliez vous joindre à eux en voisin... Oh ! ajouta-t-elle en saisissant au vol un geste contristé du Traquet, je sais quel malheur vous a frappé et j'ai pris, croyez-le bien, une vive part à votre affliction... Aussi n'insisterais-je pas s'il s'agissait d'une soirée à grand tralala ; lorsqu'on a perdu un être aimé, on n'a guère le cœur à s'amuser... Moi-même, à l'heure qu'il est, quand je pense à la mort de mon pauvre Mirouffe, je me sens encore du noir dans l'âme... Mais vous êtes jeune et vous avez besoin de quelques distractions... Venez dimanche prochain, nous serons en tout petit comité... N'est-ce pas, Nine?

— Assurément, affirma la nièce. Vous viendrez comme vous voudrez, monsieur Landry, en veston, sans la moindre cérémonie, et nous ferons ensemble une partie de causette qui nous rappellera le temps du catéchisme...

Elle assaisonna son invitation d'une œillade caressante qui acheva de séduire le Traquet. Il échangea un sourire avec l'ingénue et, sans plus de réflexion, s'engagea pour le premier dimanche.

— A la bonne heure ! s'écria l'ancienne modiste.

Puis, avec une nouvelle révérence, se tournant vers La Guêpie :

— Et si, hasarda-t-elle, monsieur daignait vous accompagner, nous serions tout à fait enchantées...

— Mais avec plaisir, chère madame, repartit, de son ton de pince-sans-rire, le collectionneur que ce manège amusait ; j'ai précisément, dimanche, une heure à perdre, et je serai heureux de la passer chez vous, avec mon bon ami Fontenac...

III

Le dimanche suivant, Armand de la Guêpie et le Traquet, après avoir copieusement dîné dans un restaurant de la rive gauche, prirent le train de Limours, qui les déposa, vers neuf heures du soir, à Berny, d'où ils gagnèrent pédestrement l'avenue de Chanteraine. Le temps était couvert, la nuit fort noire, et l'allée de platanes se trouvait uniquement éclairée par quelques obliques rayons de lumière partant des fenêtres de la villa « Mon Désir », habitée par madame Alicia.

— Mon cher bon, maugréait La Guêpie en trébuchant et en s'accrochant au bras de Landry, votre avenue est un coupe-gorge... Elle s'harmonise avec la catégorie de boutiquiers que nous allons visiter ce soir... Je n'ai guère l'habitude de cette société-là... Mais j'ai cru remarquer l'autre jour que vous étiez toqué de la nièce de votre voisine, et j'ai marché afin de vous rendre service. Elle est gentille, votre petite Nine, et elle promet ! Puisque aussi bien, un jour ou l'autre, vous devez jeter votre gourme, mieux vaut que vous débutiez par cette jeune modiste, qui me paraît peu farouche et qui ne sera pas trop exigeante... Ça vous fera la main...

Comme le collectionneur achevait cette réflexion assez cynique, ils atteignirent enfin la porte de « Mon Désir ». A leur coup de sonnette, le domestique accourut avec une lampe. Ce n'était plus la servante mal peignée d'autrefois, mais une grande fille sèche à mine doucereuse, qui prit les paletots et introduisit les nouveaux arrivants chez madame Mirouffe.

L'appartement de réception se composait du salon bouton-d'or, où Alicia avait jadis accueilli Simon Fontenac, et d'une salle à manger lambrissée, qui communiquait, par une large baie, masquée d'une portière, avec la première pièce. Des lampes-phares, qu'on venait d'allumer, y répandaient de désagréables relents de

AH ! MESSIEURS, QUELLE AIMABLE SURPRISE !...

pétrole, à peine mitigés par l'odeur de cinq ou six cigares fumés par des messieurs en smoking.

Dès que la servante eut annoncé les deux visiteurs, madame Alicia, qui les *espérait* depuis vingt bonnes minutes, se précipita au-devant d'eux avec une exclamation joyeuse. Elle portait une robe de satin noir qui l'engonçait, et elle avait aux doigts toutes ses bagues ; à son côté, Nine, coiffée de ses bandeaux plats, vêtue d'une jupe de faille grise et d'un corsage blanc à la vierge, se tenait souriante et les yeux baissés.

— Ah ! messieurs, s'exclamait madame Mirouffe, quelle aimable surprise !... Venez vite, que je vous présente à nos amis...

Elle les avait agrippés chacun par une main et, d'un air glorieux, les exhibait tour à tour à ses hôtes, mâles et femelles :

— Monsieur de la Guêpie... Mon jeune voisin, Landry Fontenac...

Ainsi que le prévoyait le collectionneur, la société était plutôt vulgaire et un peu mêlée. On y comptait quelques couples mariés en justes noces et deux ou trois faux ménages ; mais le ton et la tenue étaient les mêmes et on ne s'apercevait pas des nuances. Les hommes, ayant gaiement dîné, s'entretenaient bruyamment de courses de chevaux, de *matches* de bicyclette ; les dames, les unes encore jeunes, les autres légèrement défraîchies, étalaient des toilettes tapageuses et avaient sorti tous leurs bijoux. Elles causaient du bout des lèvres, s'étudiant prétentieusement à reproduire les mines et les façons de parler observées chez leurs clientes mondaines. Après avoir d'abord excité la curiosité, la brusque introduction des deux étrangers parut déranger visiblement l'intimité des habitués de la maison. La Guêpie et Landry se sentaient eux-mêmes dépaysés. Cela jeta un froid, et un silence gênant succéda aux conversations animées. Madame Alicia, pour rompre la glace, dit aux nouveaux venus :

— Vous prendrez bien une coupe de champagne, n'est-ce pas?

Sans se soucier d'un geste de dénégation, elle ajouta en minaudant :

— Si fait !... Nine, débouche une bouteille et remplis les verres, cela nous mettra tous à l'unisson.

Elle insistait si fort que La Guêpie et son compagnon durent s'exécuter. Ils trinquèrent avec elle et avec les fumeurs. L'ancienne modiste, alors, s'écria :

— Maintenant, si nous faisions une partie de trente et un?... Qu'en pensez-vous, mesdames?

Pendant qu'on dressait une longue table à jouer et qu'on installait des chaises, La Guêpie chuchota à l'oreille du Traquet :

— C'était écrit... Ça va commencer par un trente et un et ça finira par un petit *bac*... Buvons le calice jusqu'à la lie !

— Monsieur de la Guêpie, reprit madame Alicia, veuillez vous asseoir près de moi... Quant à vous, monsieur Fontenac...

— Pardon, ma tante, interrompit Nine, je crois que monsieur Landry ne se soucie pas de jouer... Permettez-moi de l'emmener dans la salle à manger ; il m'aidera à préparer le thé.

— A votre aise, acquiesça maternellement madame Mirouffe, allez, mes enfants, allez !

Les deux jeunes gens passèrent dans la pièce voisine et mademoiselle Nine murmura, de son air ingénu :

— J'ai pris ça sous mon bonnet... Au fond, je ne sais pas si vous aimez le jeu ou non. Peut-être m'en voulez-vous de vous avoir accaparé?

— Au contraire, affirma Landry, vous m'avez rendu un fier service ! Les cartes m'assomment... D'ailleurs, déclara-t-il galamment, si j'avais le goût du jeu, je le sacrifierais avec joie pour le plaisir de rester en tête à tête avec vous.

— Si jeune et déjà menteur ! protesta la jeune fille.

Elle avait placé sur la table une bouilloire à esprit-de-vin, qu'elle remplissait d'eau, tout en causant et en décochant au Traquet une œillade en dessous.

— Voulez-vous, poursuivit-elle, avoir l'obligeance de frotter une allumette?... Comment osez-vous me dire de pareils mensonges quand, il y a huit jours à peine, vous ne vous doutiez même pas de mon existence?

— Eh bien ! vous vous trompez, soutint hardiment Landry, je ne vous ai jamais perdue de vue depuis le temps où nous nous préparions à la première communion... Vous souvenez-vous de la chapelle du catéchisme?

— Je crois bien... Les bancs des filles étaient au fond et vous vous retourniez souvent pour nous regarder... Vous étiez bien amusant avec vos drôleries et vous pouvez vous flatter de m'avoir donné plus d'une distraction...

— Et vous, vous étiez rudement jolie avec votre toque de loutre et votre natte sur le dos !...

Il s'était assis tout près d'elle, en face de la bouilloire qui commençait à chanter doucement ; son bras frôlait celui de la fausse ingénue et une sourde volupté l'envahissait. Dans le salon, où La Guêpie tenait la banque, les interpellations, les exclamations des joueurs menaient grand bruit. Ce brouhaha isolait si bien les deux jeunes gens du reste des invités, qu'ils pouvaient fleureter tout à leur aise.

— Et vous l'êtes toujours... jolie, répéta le Traquet, que les regards emboblineurs de sa voisine commençaient à griser...

Il avait posé sa main sur la longue manche collante de Nine :

— Mes compliments. Vous avez, ce soir, une mirobolante toilette et... le contenu est encore plus chic que le contenant, continua-t-il en faisant claquer sa langue.

— Taisez-vous, effronté, ou je vous plante là ! menaça Nine du doigt...

Puis, après un petit temps, elle reprit :

— Ainsi, ma robe vous plaît?... J'en suis bien aise, car elle est de ma façon.

— Mâtin ! Vous êtes une artiste et

vous devez en remontrer à votre patronne... A propos, où perche-t-il votre
atelier?

— Boulevard Saint-Germain, répondit
Nine, au coin de la rue du Dragon.

— Est-ce qu'on peut vous y aller voir ?

— Jamais de la vie ! s'écria-t-elle en
riant... A moins, pourtant, que vous n'ayez
besoin de commander un chapeau.

— Tiens, c'est une idée !... J'irai, dès
demain, vous faire ma commande... Serez-
vous là, au moins?

Nine baissa sournoisement les yeux :

— Alors, venez à cinq heures... C'est
le moment où la patronne s'absente et où
je la remplace près des clients.

Ils restèrent un moment silencieux.
Dans le salon, on entendait la voix sonore
de La Guêpie annonçant :

— Neuf ! Tout le monde paye !

— Vous aimez ce métier de couturière?

— Oh ! Dieu, non... Seulement, comme
je n'ai pas les moyens de me croiser les
bras, il faut bien que je travaille; mais
le cœur n'y est pour rien.

— Je conçois ça, répliqua le Traquet
en s'emparant de la main de sa voisine
et en la serrant, ces petits doigts sont trop
mignons pour se gâter en tirant l'aiguille...
Vous préféreriez aller vous promener au
Bois ou à Robinson, hein?

— Non, repartit hypocritement Nine,
j'ai trop vécu à la campagne et les arbres
me laissent froide.

— Compris ! poursuivit Landry sans
lâcher la main qu'il tenait prisonnière, ça
vous chanterait mieux de passer la soirée
au théâtre et de souper, après, au cabaret ?

— Encore moins, ça me fatigue de
veiller... D'ailleurs, ajouta-t-elle avec un
petit air prude, je n'ai pas été élevée à
faire la fête.

— Quelle drôle de fille vous êtes ! se
récria-t-il ébahi ; vous n'avez de goût ni
pour les cartes, ni pour la promenade, ni
pour le théâtre... Qu'est-ce donc que vous
aimez?

Le bleu regard de Nine se fixa lentement
sur les yeux du garçon, comme une timide
caresse et, d'un ton moitié tendre et moitié
gouailleur :

— Vous ! murmura-t-elle tout bas.

Puis, ses cils se refermèrent angéli-
quement.

Le Traquet sentit les doigts captifs
serrer imperceptiblement sa main. Il lui
sembla qu'il buvait goutte à goutte un
vin capiteux et que la grisante liqueur
lui brûlait le corps. Il se leva tout étourdi
et, saisissant les deux bras de Nine :

— Ah ! bégaya-t-il avec un tremblement, ne plaisantez pas... Moi, je vous
adore !

— C'est vous qui vous moquez, répondit pudiquement la modiste... Soyez sage
et donnez-moi vite la théière... L'eau
bout à déborder...

— C'est mon cœur qui déborde !
riposta Landry, attirant vers lui l'ingénue,
qui se défendait faiblement...

En même temps, il posait ses lèvres
enhardies sur la nuque blanche de Nine,
et les y oubliait...

— Ne vous dérangez pas, dit une voix
ironique.

C'était La Guêpie qui soulevait la portière et sortait du salon, où le jeu devenait
de plus en plus bruyant.

La nièce d'Alicia poussa un cri étouffé,
se dégagea, puis de sa mine la plus innocente, se mit à verser l'eau bouillante
dans la théière.

— Sapristi, continua le bel Armand,
on ne s'ennuie, pas, ici !... J'étais trop en
veine là-bas et j'ai fait charlemagne...
Mon cher, vous êtes à deux pas de chez
vous ; mais, moi, je suis loin de la rue de
Varenne, et il me faut partir...

— Déjà ! grommela le Traquet, qui se
croyait obligé de reconduire son compagnon jusqu'à la station.

— Ne bougez pas, mon bon ; je vais filer
à l'anglaise par l'escalier dérobé... Bon-
soir, chère petite !... A bientôt, Landry !...

Il baisa la main de Nine, secoua celle
de Landry, et, sautillant sur la pointe
des pieds, il gagna une porte de dégage-
ment ; mais, avant de disparaître dans le
couloir, il se retourna vers les amoureux
et leur lança de sa voix mordante :

— Mes enfants, soyez heureux... je
vous bénis !

EN MÊME TEMPS, IL POSAIT SES LÈVRES ENHARDIES SUR LA NUQUE BLANCHE DE NINE...

IV

Au rebours de Landry, Clairette était restée fidèle à ses résolutions ; elle se cloîtrait obstinément à Chanteraine et ne trouvait de consolations que dans l'accomplissement de ses devoirs religieux. Son ardeur dévote ne s'était point atténuée. Tout en ayant renoncé à entrer au couvent, elle persistait, néanmoins, dans son ferme propos de faire son salut dans le monde. Ses journées se passaient en stations à l'église ou au cimetière et en méditations pieuses au logis. A l'angélus de six heures, elle se levait, procédait rapidement à sa matinale toilette, déjeunait plus vite encore d'une tasse de lait, puis se hâtait d'aller entendre la première messe. Longtemps après que le prêtre avait quitté l'autel, elle demeurait prosternée sur le dossier de sa chaise. Dans la nef quasi solitaire, son âme se répandait en mystiques oraisons. Elle ne s'arrachait qu'à regret à la suggestive quiétude de l'église et gravissait lentement le sentier caillouteux qui conduisait au cimetière. Là, nouvelles prières devant la sépulture des Fontenac. Après avoir donné des soins minutieux aux plantes qui, en toute saison, fleurissaient le jardinet entretenu autour de la pierre tombale, elle ne redescendait à Chanteraine que pour le repas de midi. C'était l'heure où, en apportant les plats, Monique conversait avec sa jeune maîtresse et où l'on réglait les questions de ménage. Ensuite, Clairette remontait dans sa chambre, installée au premier étage, et s'y occupait à coudre ou à lire.

Elle s'asseyait près de la fenêtre, qu'elle tenait ouverte depuis que le printemps commençait et que l'atmosphère s'attiédissait. Au dehors, de lourds chariots cahotaient sur le pavé de la route ; des cyclistes filaient, dans les contre-allées, avec des tintements de grelot ou des sons de trompe. Lorsque le silence se rétablissait, on entendait des pépiements de moineaux et des gazouillis de rouges-gorges.

Entre deux nuées pluvieuses, un rayon de soleil irisait les gouttes d'eau suspendues aux arbres encore sans feuilles. Clairette relevait la tête et ses regards rencontraient, parfois, la crête du mur mitoyen, qui se dressait en pleine lumière entre le jardin de Chanteraine et le clos du pépiniériste. Hélas ! le temps était loin où, adolescente dégingandée et indisciplinée, Clairette se perchait à chevauchons sur le chaperon, pour voir le fils du pépiniériste surgir entre les quenouilles des poiriers !... La confuse image de Jacques Gerdolle semblait elle-même perdue en un lointain brumeux ! Qu'était-il devenu?... Une rougeur montait brusquement aux joues pâles de la jeune fille et elle secouait la tête comme pour chasser une obsession. Elle avait honte de ces profanes souvenirs et se réfugiait dans la lecture de l'*Introduction à la Vie dévote*, devenue son livre de chevet. Le samedi suivant, jour de confessionnal, elle s'accusait du vagabondage de sa pensée et, le dimanche, elle s'approchait de la table de communion avec une contrition fervente.

Les pratiques de piété soulageaient son cœur et adoucissaient l'amertume des déceptions causées par la conduite du Traquet. Si tout d'abord, pendant une semaine, elle avait cru à la conversion de son frère et en avait remercié le ciel, ses illusions s'en étaient allées depuis déjà plusieurs mois ; elles s'étaient dissipées aux quatre coins de l'horizon, comme ces graines duvetées des peupliers, que le vent de mai emporte dans toutes les directions. Le coup avait été rude et la déconvenue cruelle. Maintenant, Landry partait de la maison dès le matin et n'y rentrait plus que fort tard dans la nuit. Clairette le soupçonnait de fréquenter de nouveau chez madame de Cormery et de s'y plaire mieux qu'à Chanteraine. Ce fut un crève-cœur pour son affection fraternelle. Elle se résignait cependant, ayant scrupule d'empêcher le Traquet de rendre visite à leur mère. Elle passait condamnation et croyait de sa dignité de n'adresser aucun reproche à ce garçon léger et oublieux. Mais, peu après, quelques paroles échappées étourdiment la mirent sur la trace d'une faute plus grave ; elle devina que, malgré ses promesses, Landry revoyait M. de la Guêpie et s'était lié familièrement avec lui. Des demandes d'argent plus nombreuses semblèrent à la jeune fille des indices trop certains de cette déplorable liaison et des dangereuses dissipations qui en résultaient. Alors, elle s'indigna. L'ancienne Clairette reparut avec ses impétueuses colères d'adolescente. Si Landry se fût trouvé là, il eût passé un mauvais quart d'heure. Avec la réflexion, néanmoins, la charité chrétienne apaisa peu à peu ce bouillonnement tempétueux. L'Évangile ne prêchait-il pas le pardon des offenses, et Jésus n'avait-il pas dit : « Bienheureux les doux » ? Elle reprit son sang-froid et crut plus sage d'attendre une occasion favorable pour sermonner sévèrement son frère et lui reprocher ce manque de dignité, cet inexcusable oubli de ses promesses et de ses devoirs. Mais le Traquet, ayant conscience de ses méfaits, se dérobait au tête-à-tête et aux explications. Dès que sa sœur croyait le tenir et l'amener à jubé, il lui glissait dans les mains comme une anguille.

Un matin, cependant, par extraordinaire il resta à Chanteraine pour déjeuner. Il se montrait même aimable, empressé et plus communicatif. Tandis qu'il dégustait longuement les fraises de son dessert, Clairette l'étudiait à la dérobée, s'éton-

CLAIRETTE S'OCCUPAIT A COUDRE OU A LIRE.

nait de son humeur expansive. Le voyant en de si bonnes dispositions, elle résolut de profiter de cette rare opportunité.

— Mon ami, commença-t-elle dès que Monique les eut laissés seuls, je voudrais causer sérieusement avec toi...

— Tiens, comme ça se trouve, répliqua bénévolement le Traquet, moi aussi...

— Alors, tant mieux ! car, sans reproche, depuis quelque temps, nous avons rarement l'occasion de nous entretenir tous deux à cœur ouvert, ainsi qu'autrefois, et tu ne chômes guère au logis... Landry, j'ai des raisons de penser que tu te dissipes beaucoup et que tu ne travailles pas à ton droit.

— Ben, tu te mets rudement le doigt dans l'œil, ma bonne sœur ! Je pioche mon premier examen et, afin de n'être pas retoqué, je prends des leçons particulières tous les soirs... Voilà l'unique raison pour laquelle je dîne à Paris et rentre tard à Chanteraine... Même, ajouta-t-il avec aplomb, ça me coûte les yeux de la tête, et c'est à ce propos que je désirais te parler... J'ai besoin d'argent pour payer mon répétiteur, et tu serais bien gentille de m'avancer quelques fonds sur mon revenu annuel...

— Je t'ai fait plusieurs avances, déclara Clairette en fronçant les sourcils et en hochant la tête ; ton revenu est déjà fort écorné... Landry, est-ce bien vrai, ce que tu me contes là ?... Il m'est revenu, de divers côtés, qu'on te rencontrait souvent en compagnie de monsieur de la Guêpie... Méfie-toi ! Cet homme-là est un oisif, un viveur, et ce n'est pas lui qui te donnera de bons conseils...

— Elle est forte, celle-là ! s'écria le Traquet avec une indignation artistement jouée. Quels sont les idiots qui t'ont monté un pareil bateau ?... Moi, j'appelle ça une infamie !... Et puis, tu sais, j'en ai assez d'être mouchardé et soupçonné... Tu n'as pas confiance en moi, à ton aise... Je vais congédier mon répétiteur, puisque je ne peux pas le payer, et, si je suis refusé à mon examen, ça ne sera pas ma faute... Bonjour !

Il s'était levé et cherchait son chapeau. Cette vertueuse colère en imposait à Clairette et éveillait ses scrupules.

« S'il disait vrai, pourtant ? songeait-elle, quels reproches n'aurais-je pas à m'adresser ? »

— Landry ! protesta-t-elle, je ne veux pas que nous nous quittions fâchés... Voyons, combien te faudrait-il ?

— Dame, dit le bon apôtre en calculant sur ses doigts... Il y a, d'abord, les répétitions à dix francs par leçon, et j'ai un mois en retard, mettons six cents francs... Et puis, pour les repas que je suis forcé de prendre depuis deux mois à Paris, faut

bien compter, avec les menus frais, une vingtaine de louis... Ça fait en tout un billet de mille, quoi !...

— Je vais chercher l'argent là-haut, soupira la jeune fille ; mais Landry, tu me jures que tu l'emploieras à payer ce que tu dois !

— Tiens, je me *coupe*, repartit le Traquet en esquissant, d'un geste de gamin, une croix sur sa poitrine... « Paille de feu, paille de fer ; si je mens, j'irai en enfer !... » D'ailleurs, je t'apporterai les reçus... Mais dépêche ; si je manque mon train, je manquerai aussi mon cours...

Clairette redescendit, tenant dix billets bleus que le Traquet empocha. Il s'esquiva avec un grand merci et s'achemina, tout guilleret, vers la station.

En rentrant pour desservir, Monique trouva l'orpheline les coudes sur la table et le front dans les mains. A présent que Landry était loin, elle doutait de nouveau, se reprochait d'avoir été trop faible, s'effrayait pour l'avenir et se laissait envahir par de pénibles pressentiments.

— Qu'as-tu, ma mignonne ? demanda la servante, te voilà *éberlobée* et mélancolieuse comme un rossignol en cage...

Dans l'isolement où elle vivait, Clairette s'était habituée à traiter Monique comme une amie. Elle lui confiait volontiers ses tracas. Ce matin, plus que jamais, elle éprouvait le besoin de se dégonfler le cœur et elle lui confessa ce qui venait de se passer. La vieille Limousine poussa un grognement sourd ; elle n'avait pas la moindre confiance dans le Traquet ; elle savait, par les commérages de l'avenue, que Landry fréquentait chez madame Alicia, et, depuis lors, elle l'avait pris en grippe.

— Ah ! s'exclama-t-elle, pauvre âme simplette du bon Dieu ! En voyant ton écervelé de frère s'en aller gai comme pinson, j'aurais dû me douter qu'il t'avait joué quelque méchant tour... Ça n'est pas le premier, ce ne sera point le dernier... Ma fille, il faut être bonne, mais il ne faut point être dupe !... Et, par ainsi, tu lui as donné de l'argent ?

— Naturellement : il assure qu'il en a besoin pour ses examens ; je me serais fait conscience de nuire à ses études et de l'obliger à interrompre ses cours.

— Ses études ? grommela Monique, elles sont jolies, ses études ! Monte un peu dans sa chambre et regarde les livres qu'il a empilés sur sa table ; ils ne sont même pas coupés !... C'est point dans le droit qu'il travaille, c'est plutôt dans le travers; c'est point ses cours qu'il suit, c'est les cailles coiffées !...

— Oh ! Monique !...

— C'est bon ! Je ne suis ni aveugle ni sourde, merci à Dieu ! Si je ne dis point ce que je vois et ce que j'entends, c'est que je n'aime point à *brenasser* dans les affaires des autres. Chacun son métier et les vaches seront bien gardées... N'empêche qu'à mon avis ton frère n'a que du vent dans la tête et pas beaucoup de cœur dans la poitrine... Au lieu de s'acoquiner avec ce La Guêpie, il ferait bien mieux de prendre pour modèle son ancien ami...

— Quel ami ?

— Eh ! le fils Gerdolle, donc !... Je n'aime point le pépiniériste, qui est un méchant drôle ; mais, du fils, je ne puis dire que du bien... La vérité avant tout !... Voilà un garçon de bon sens et de bonne conduite, qui a profité de ce qu'il a appris aux écoles... Et, avec ça, un travailleur, qui ne perd point son temps à *berlauder* dans les rues.

— Qu'en sais-tu ? demanda Clairette, émue et intriguée.

— Pardi, je le vois de mes yeux, depuis deux mois que le gas est rentré chez son père... Je m'étonne que tu ne l'aies point, des fois, rencontré en allant à l'église !... Il a obtenu son diplôme d'*architéque-paysagiste*... Je ne sais point au juste ce que ça veut dire ; paraîtrait, tout de même, que c'est un bon métier et où on gagne gros... Le père et le fils demeurent ensemble ; mais le jeune homme s'absente souvent, parce que sa besogne l'appelle dans les châteaux du voisinage...

Clairette ne poussa pas plus loin ses questions ; elle craignait que Monique ne devinât son trouble. Elle remonta, toute songeuse, dans sa chambre. En passant devant une glace, elle s'y regarda involon-

tairement et fut confuse en constatant l'insolite animation de son visage. Ses yeux noirs brillaient et une soudaine rougeur était montée à ses joues. Pendant sa dernière année de couvent et depuis la mort de son père, son évolution religieuse, son détachement des choses mondaines, joints à sa douleur filiale, l'avaient laissée indifférente à la coquetterie féminine aussi bien qu'aux questions de toilette. Elle ne se préoccupait plus de plaire ni de paraître belle, et, cependant, elle embellissait davantage chaque jour. Son corps s'était élancé ; sa taille s'était amincie et assouplie ; le modelé du buste et des épaules s'arrondissait en lignes harmonieuses et pures ; sous ses vêtements de deuil, la peau prenait des blancheurs de lait ; les traits du visage s'étaient allongés ; le feu des yeux noirs, le sourire d'une bouche spirituelle, leur donnaient une vivacité, un éclat tout printaniers. En la voyant, on pensait à la grâce des matinées de mai, au charme des muguets des bois.

Cet après-midi, après avoir quitté Monique et s'être arrêtée devant la glace, Clairette, pour la première fois depuis des mois, eut conscience de sa beauté. En même temps, elle s'aperçut de la splendeur que juin tout flambant répandait sur la campagne. Une chaude lumière faisait planer de blondes poussières de pollen sur les prés mûrissants et les seigles onduleux : l'eau de la Bièvre jetait des éclairs à travers les saules ; le feuillage palpitant des peupliers était tout grouillant de scintillements argentés ; les cerises rougissaient dans les vergers ; du fond des blés encore verts, les alouettes à l'essor montaient avec de légers bercements d'ailes et, tout là-haut dans le ciel bleu, chantaient invisibles...

La jeune fille savourait cette joie éparse dans l'air. Ses yeux erraient sur les jeunes frondaisons des pépinières, sur les cerisiers vermeils, sur la crête du mur mitoyen où s'épanouissaient des joubarbes et de frêles coquelicots. Ainsi, Jacques était de retour ; il vivait à quelques pas d'elle ! Peut-être, à ce même moment, se promenait-il sous les arbres fruitiers, de l'autre côté du mur semé de plantes fleuries ! Depuis longtemps déjà, elle était persuadée que Jacques l'avait oubliée ; elle-même, dans la ferveur de son prosélytisme religieux, s'était efforcée d'effacer le jeune garçon de sa mémoire,

Pendant les jours qui suivirent, l'idée de la présence de Jacques occupa plus que de raison son esprit et lui fit envisager la vie sous de moins sombres couleurs. Dès le matin, en poussant les persiennes, elle fixait plus curieusement ses regards sur le clos du pépiniériste et, involontaire-

IL SE PROMENAIT EN RÊVASSANT AU LONG DES PLANTATIONS DE POIRIERS.

de l'immoler sur l'autel du Dieu jaloux qu'elle voulait uniquement servir ; mais, malgré tout, les propos de Monique venaient de réveiller les sensations d'autrefois. La petite herbe du premier amour n'était pas morte et Clairette en sentait remuer les minuscules racines, demeurées vivaces au tréfonds de son cœur.

ment, elle les y attardait avec l'espoir confus d'apercevoir le jeune homme au détour d'une allée. Un matin, elle eut la satisfaction de le voir. Il se promenait, en rêvassant, au long des plantations de poiriers, et elle put l'examiner à loisir sans qu'il se doutât qu'on l'épiait. Elle le trouva grandi et embelli dans le complet de cheviote bleue qui lui composait une toilette très simple, mais très seyante. L'adolescent gauche et imberbe d'autrefois avait pris du corps, de l'aisance, et portait une barbe châtaine taillée en pointe. Il était devenu un joli garçon, à la tournure virile, aux traits fermes et fins, à la mine sérieuse. Un moment, comme s'il eût deviné qu'on l'observait, il releva la tête dans la direction de Chan-

dant les longs après-midi d'été, elle s'était imposé la tâche de mettre en ordre la pièce qui avait servi de « laboratoire » à son père, et d'y classer pieusement les notes d'histoire naturelle prises par l'ornithologue. Un soir qu'elle était occupée à vider un tiroir encombré de fiches, elle aperçut au milieu des paperasses un paquet de lettres nouées par une faveur d'un rose fané, et, violemment, son cœur

UN SOIR, ELLE APERÇUT AU MILIEU DES PAPERASSES
UN PAQUET DE LETTRES NOUÉES PAR UNE FAVEUR...

teraine, et Clairette, pour ne pas être surprise, n'eut que le temps de se reculer brusquement dans l'intérieur de sa chambre. Elle rougit jusqu'aux oreilles, eut honte de sa faiblesse et se reprocha comme un péché la complaisance qu'elle avait apportée à cet acte de curiosité, ainsi que la troublante émotion qu'elle en avait reçue.

Son âme devait être troublée plus grièvement encore quelques jours après. Pen-

sursauta : elle venait de reconnaître sa correspondance enfantine avec Jacques Gerdolle. Comment ces lettres, que Jacques affirmait avoir soigneusement cachées, étaient-elles tombées entre les mains de Simon Fontenac? Pas un moment elle ne songea à accuser son ancien ami d'une trahison; elle eut, sur-le-champ, l'intuition de ce qui avait dû se passer : le père Gerdolle avait, sans doute, fouillé le pupitre du lycéen, et sans vergogne, pour satisfaire une basse vengeance, il avait livré la correspondance à l'ancien juge. Cette mortifiante découverte atterra Clairette. Elle était prise d'un tel tremblement que la liasse glissa d'entre ses doigts et que les lettres s'éparpillèrent sur le parquet. Elle comprenait, maintenant, ces rigueurs paternelles dont l'apparente injustice l'avait si souvent révoltée. Elle faisait amende honorable à son père et se désolait d'avoir douté de son affection. Elle rassembla hâtivement les papiers épars, afin de les jeter au feu ; mais elle ne put résister à la tentation de les relire. A mesure qu'elle parcourait ces billets, où toute sa naïve tendresse d'adolescente s'était épanchée, une flamme lui brûlait les joues et, en même temps, tout le passé revivait devant ses yeux : ses joies ingénues en écrivant à la dérobée ces protestations d'amour ; son unique rendez-vous avec Jacques, au pied de la meule... Elle se représentait l'indignation de Fontenac, lisant les compromettantes effusions de sa fille ; la joie mauvaise du pépiniériste, attisant cette première explosion de colère. Une inexprimable confusion accablait Clairette ; il lui semblait que tout le pays devait être instruit de sa précoce perversité et qu'elle n'oserait plus sortir de Chanteraine. Elle se regardait comme la cause de tous les chagrins qui avaient précipité la mort de Simon. La complaisance avec laquelle, depuis quelques jours, sa pensée se reportait vers Jacques, lui apparaissait comme un odieux sacrilège. Elle jurait, cette fois, de bannir à jamais le jeune Gerdolle de son souvenir et, malgré tout, les lettres accusatrices lui devenaient plus chères ; elle ne se sentait pas le courage de les anéantir...

V

Sous la tonnelle de houblons du pépiniériste, Février et Cyrille Gerdolle se rafraîchissaient en vidant une bouteille de vin blanc. On était en pleine canicule ; le soleil de juillet tombait en rayons brûlants du haut d'un ciel implacablement bleu ; d'insupportables vols de mouches bourdonnaient parmi les feuilles alanguies ; le long des plates-bandes grillées, des sauterelles bruissaient, stridentes ; l'air qu'on respirait semblait sortir de la gueule d'un four.

— Hein, mon vieux, ça chauffe ! disait le marchand de curiosités en lapant à petites gorgées le contenu de son verre ; on passerait volontiers sa journée au fond d'une cave.

— Oui, approuvait Gerdolle, c'est un temps qui donne la *flemme* ; heureusement, nous autres, nous sommes en morte-saison.

— Moi aussi, déclara Février ; il n'y a plus personne dans Paris et je ne vendais pas même pour mes frais de déplacement... Ma foi, j'ai clos la boutique et j'ai collé, sur les volets de la devanture, un carré de papier : « Fermé pour cause de voyage ». Je ne rouvrirai, comme l'Odéon, qu'au 1er octobre...

— Où iras-tu? demanda le pépiniériste, goguenard ; aux bains de mer?

— Pourquoi pas?... Madame Mirouffe est au Tréport et elle m'a invité... Peut-être irai-je l'y voir !

— Alors, tout le monde file ; l'avenue deviendra un désert... Il n'y restera plus que moi et les gens de Chanteraine.

— A propos de Chanteraine, observa Février en goguenardant à son tour, ton fameux plan a raté et tu n'as pas réussi à faire déguerpir les Fontenac... Te voilà refait, mon camarade, et tu as tiré les marrons du feu pour la commune !

— Qu'en sais-tu? grommela Cyrille en se hérissant ; patience, rira bien qui rira le dernier !... Feu Fontenac n'a pas laissé une grosse fortune, et j'ai en idée que la maison sera bientôt trop lourde pour les épaules des héritiers : la fille n'entend rien aux affaires ; quant au garçon, c'est un fainéant qui aura vite fricassé sa part d'héritage.

— Oui, le jeune drôle a un furieux appétit de plaisir et il est entre les mains d'une petite personne qui le mènera bon train... Mais pour ce qui est de la fortune, ajouta Février, tu pourrais bien te tromper, mon vieux... J'ai ouï dire, à des connaisseurs sérieux, que le grand-père Fontenac possédait, dans sa collection d'objets d'art, deux pièces rarissimes, qui vaudraient à elles seules, au bas mot, plus de deux cent mille francs à l'Hôtel des Ventes. Par conséquent, la succession serait beaucoup plus considérable que tu ne le crois... Seulement...

— Seulement? répéta Gerdolle, dont les petits yeux roux s'allumèrent.

— Seulement, voilà le *hic*... L'aïeul Fontenac, qui était méfiant, a si bien caché les objets en question qu'on ne peut plus les retrouver et qu'on les cherche encore...

— Vraiment ! reprit le pépiniériste en affectant un air détaché... L'ancien les aura peut-être tout bonnement *lavés*...

— Je ne crois pas... On ne lave point de pareilles pièces sans que ça fasse du bruit... Dans le monde de la curiosité tout se sait, et, après informations prises près des gens du métier, personne ne se souvient d'une vente de cette importance.

— Après tout, je m'en fiche, repartit Gerdolle avec indifférence, j'ai d'autres chiens à fouetter... Encore un verre, mon vieux, et bon voyage, si tu vas à la mer !... Quant à moi, je te quitte pour mettre mes écritures à jour...

Ils se séparèrent là-dessus et, après que le brocanteur eut disparu dans l'avenue, le pépiniériste, debout sous l'arceau de la tonnelle, resta longtemps pensif, sans se soucier du soleil qui tapait d'aplomb sur son chapeau de paille...

Il n'avait pas perdu un mot des propos tenus par Février et les avait précieusement emmagasinés dans l'arrière-fond de son cerveau. Maintenant, il se délectait à les y rouler et à les faire tinter comme autant de rares pièces d'or.

« Ha ! ha ! se pourpensait-il, deux objets d'art valant, au bas mot, deux cent mille francs !... Bonne affaire !... Et ils sont introuvables, on ignore ce qu'ils sont devenus et on les cherche encore?... On les cherchera longtemps ! Je le sais, moi, où ils sont !... Ils dorment tranquillement sous le cerisier de Chanteraine !... C'est à présent qu'il va falloir mettre les fers au feu et jouer serré. »

Machinalement, il avait enfilé la grande allée de poiriers en quenouille qui aboutissait au pied du mur séparant son clos du jardin Fontenac. En dépit de la chaleur caniculaire, il allait et venait, la tête dans les épaules, l'esprit affairé à chercher un moyen de remettre l'affaire sur pied.

« Il faut, se disait-il, il faut que Chanteraine soit à moi... J'y emploierai le vert et le sec... J'ai été un sot de lâcher à Simon Fontenac les lettres de sa fille... Si je les avais encore en mains, je pourrais m'en servir pour rendre la demoiselle moins rétive... Quant au garçon, j'en viendrai facilement à bout... Il mène joyeuse vie, il a donc besoin d'argent et il ne rechignerait pas à palper une forte somme en belles espèces sonnantes... Seulement, voilà le diable : il est encore mineur... »

Il en était là de sa méditation, quand il entendit un bruit de pas et aperçut son fils qui débouchait de l'avenue.

Jacques Gerdolle revenait d'un château des environs de Longjumeau, dont il était chargé de dessiner les jardins. Le tramway d'Arpajon l'avait déposé à Berny et il rentrait au logis pour l'heure du déjeuner. Il ne paraissait pas trop éprouvé par la grande chaleur. A l'abri d'un chapeau de paille à larges bords, son visage au teint mat, ambré par le hâle, ne portait aucune trace de fatigue ; à peine une faible moiteur perlait sur les tempes. Dans un complet d'étoffe légère, son corps robuste et souple se mouvait librement. En le voyant, d'un pas ferme et comme rythmé, se diriger vers le vestibule, le père Gerdolle eut un mouvement d'orgueil. Il s'étonnait presque d'avoir procréé ce rejeton bien râblé, ce mâle à la tournure aisée et élégante. Tandis que ce sentiment de fierté lui faisait relever la tête, une soudaine inspiration lui illumina le cerveau.

« C'est ce beau gars-là, songea-t-il, qui, mieux que toutes mes manigances, aura raison des résistances de mademoiselle Fontenac... »

Et il résolut d'avoir ce matin même, avec son fils, une explication à ce sujet.

Seulement, la matière était délicate, et le pépiniériste ne savait trop comment s'y prendre pour entamer la conversation. Le temps était loin où il traitait son fils en petit garçon et où il lui intimait sèchement ses ordres. Depuis que Jacquet était devenu un maitre dans l'art du jardinier-paysagiste, la situation s'était modifiée totalement. Les rapides succès du jeune homme, l'estime où le tenaient ses confrères, la clientèle toujours croissante et les honoraires toujours grossissants, imposaient au père Gerdolle une crainte respectueuse. Il adoucissait, maintenant, son humeur despotique et n'osait plus se permettre, avec Jacques, ses coups de boutoir habituels.

« Le garçon a la bouche tendre, se disait-il ; si je tire trop sur le mors, il se cabrera et m'enverra coucher... Mais il a aussi le cœur tendre et il donne volontiers dans la sensiblerie : c'est par là qu'il faudra l'attaquer... N'importe ! ce ne sera pas une besogne commode et j'en ai chaud aux oreilles rien que d'y penser... Bah ! qui ne risque rien n'a rien : je vais tout de même essayer... »

Tandis que Jacques montait chez lui pour se plonger la tête dans l'eau froide et se vêtir plus à l'aise, Gerdolle descendit à la cave et en revint avec deux bouteilles d'un vieux vin de Touraine. Peu après, le père et le fils se retrouvèrent autour de la table servie. Le jeune homme mangeait de grand appétit et causait gaiement des choses de son métier. Il était content de ses travaux, expliquait ses plans au pépiniériste et le consultait sur le choix des arbres et arbustes dont il voulait décorer les massifs de sa nouvelle création. Cyrille, le voyant en si belles dispositions, jugea que le moment était venu de commencer l'attaque. Au dessert, il déboucha une bouteille de chinon, emplit deux verres à patte et, heurtant le sien contre celui de sa progéniture :

— Ton jardin sera un chef-d'œuvre, affirma-t-il de sa voix la plus aimable, et tout le monde t'en fera des compliments... Mon garçon, je bois à ta réussite !

Jacques jeta un coup d'œil sur les verres à liqueur, et cet extra le mit en défiance. Il était fin et connaissait de longue date le coup de la vieille bouteille, destiné à enfoncer les clients.

— Ho ! ho ! répliqua-t-il, du vin de derrière les fagots !... Papa, je parie que tu as quelque chose à me demander, ou quelque tour à te faire pardonner !

Gerdolle, comprenant que la mèche était déjà éventée, se décida à jouer la franchise et à abattre ses cartes.

— Fouinard ! repartit-il en riant, tu la connais dans les coins et tu ne te laisses pas enjôler... Eh bien ! oui, tu as deviné ; j'ai en tête une affaire qui nous intéresse tous les deux et au sujet de laquelle je tiens à m'expliquer avec toi...

Il but une lampée de vin de Chinon, s'accouda à la table et poursuivit, en regardant Jacques droit dans les yeux :

— Voici !... Tu as bien mené ta barque et tu es arrivé de bonne heure à une belle situation où tu gagnes ce que tu veux... Aujourd'hui que tu as le vent en poupe tu devrais te marier.

— Je te vois venir, répondit Jacques en riant, tu as un parti à me proposer... Mon Dieu, il est possible qu'un jour je songe à m'établir. Le mariage, en principe, ne me répugne point ; mais j'entends choisir ma femme moi-même, suivre mon goût et non celui des autres, ne pas prendre, les yeux fermés, un laideron ou une dinde quelconque qu'on tentera de me colloquer parce qu'elle aura une grosse dot...

— Ne crie pas comme les anguilles de Melun, avant de savoir à quelle sauce tu seras accommodé, riposta le pépiniériste en haussant les épaules ; il ne s'agit ni d'une laide ni d'une dinde... La fille dont je te parle est une jeune personne suffisamment riche, bien éduquée, bien espritée, fort jolie... enfin, pour laquelle tu as eu un tendre autrefois... Bref, c'est ton ancienne bonne amie, mademoiselle Clairette Fontenac, notre voisine...

Au nom de Clairette, Jacques eut un haut-le-corps ; son front se plissa et sa physionomie enjouée se rembrunit.

— Je t'en prie, interrompit-il gravement, restons-en là !... Tu devrais être le dernier à penser à mademoiselle Fontenac, après ce qui s'est passé entre toi et son père !...

— De quoi ! de quoi !... Nous avons échangé quelques mots un peu vifs, voilà-t-il pas une affaire ?...

— Puisque tu fais allusion à ces lettres que tu t'es si peu correctement appropriées, riposta sévèrement le jeune homme aie donc l'obligeance de me dire ce qu'elles sont devenues.

— J'ai eu la bêtise de les remettre au père Fontenac... Ce qui prouve, du moins, que je ne suis pas un méchant homme...

Jacques ne put retenir un mouvement d'indignation.

JACQUES NE PUT RETENIR
UN MOUVEMENT D'INDIGNATION.

— Tu as la mémoire courte, reprit Jacques amèrement ; tu oublies que tu as traîné Simon Fontenac en police correctionnelle et que tes agissements ont amené, dit-on, la maladie qui l'a emporté... Une fille ne pardonne pas ça, et mademoiselle Clairette, telle que je l'ai connue, doit nous en vouloir cruellement.

— Fais donc pas l'âne ! se récria cyniquement Gerdolle ; une fille qui t'écrivait les lettres que j'ai lues était bigrement férue d'amour, et les amoureux pardonnent bien des choses.

— Et tu t'imagines que, dans des conditions pareilles, j'oserais me représenter devant mademoiselle Fontenac ? s'exclama-t-il tristement.

— Bah ! je te fournirai un moyen de renouer avec elle... J'ai envie d'acheter Chanteraine... La propriété est trop frayante pour cette jeune fille, et à moi elle irait comme un gant... Tu te présenteras chez les Fontenac en mon nom et tu leur transmettras mes propositions, qui sont très acceptables... Quand vous vous serez revus et expliqués, le petit Dieu malin reprendra ses droits et vous serez vite accordés.

Jacques s'était brusquement levé ; une expression de dégoût crispait ses lèvres.

— Nous n'avons pas, déclara-t-il brièvement, la même manière d'envisager les questions de conscience et de délicatesse. Ne compte pas sur moi pour t'aider à acquérir Chanteraine, car, au fond, c'est tout ce que tu désires et tu ne te soucies ni de mes sentiments ni de ceux de mademoiselle Clairette... Brisons là, je ne suis pas ton homme !

— Oui-da, tu la fais à la délicatesse ! grogna Gerdolle, furieux ; non, tu n'es pas mon homme !... Sais-tu ce que tu es ?... Un mauvais fils qui paie d'ingratitude tous les sacrifices que je me suis imposés... Tu ne veux pas me servir ?... C'est bon, j'emploierai d'autres moyens pour en venir à mes fins et forcer ton amoureuse à vendre... Car je veux Chanteraine, et je l'aurai !

— Un seul mot encore, dit énergiquement Jacques ; si tu cherches à troubler le repos de mademoiselle Fontenac, nous nous brouillerons à jamais. Ceci bien entendu, je m'en vais, car je finirais par manquer au respect que je te dois !...

VI

Si mademoiselle Nine Dupressoir n'aimait ni les parties de campagne, ni le théâtre, ni les soupers au cabaret, en revanche elle était très pratique et montrait un goût fort vif pour les bijoux enrichis de pierres fines ayant une valeur marchande. Lorsque Landry Fontenac, dans les premiers feux de la lune de miel, lui apportait une gerbe de fleurs rares ou insistait pour l'emmener dîner dans un restaurant à la mode, elle prenait des airs de petite personne raisonnable, le grondait au sujet de ses folies et lui défendait de recommencer.

— Vous vous conduisez comme un gosse, lui disait-elle ; à quoi bon me payer des fleurs chères, qui seront fanées demain, ou des dîners qui vous coûteront les yeux de la tête ?... Je ne suis pas dépensière, moi, et je préfère manger dans une guinguette... Si vous voulez me faire une gentillesse, eh bien ! au lieu de vous ruiner chez les fleuristes et les gargotiers, donnez-moi une bague ou des boutons d'oreilles, qui seront au moins de durables souvenirs de notre amitié...

De cette façon, au lieu d'une gracieuseté d'un ou de deux louis, l'étudiant déboursait mille à douze cents francs chez le bijoutier. A ce train-là, ses trois mille francs de revenu ne le menèrent pas loin, comme on pense ; mais il était si ébloui et si énamouré qu'il ne s'embarrassait pas du lendemain. Flatté de sa bonne fortune, et tout allumé par les câlineries de Nine, il s'endettait insoucieusement chez ses fournisseurs. Il aurait même écorné avec entrain son capital s'il n'avait eu affaire à un curateur honnête homme, qui restait sourd à ses insinuations. Il se rabattait alors sur Clairette qui se laissait prendre à ses belles promesses de travail et lui avançait un peu d'argent, ou bien il s'adressait à sa mère qui, pour le garder auprès d'elle, lui octroyait de temps à autre quelques subsides. Grâce à ces expédients, il put passer joyeusement une partie de l'été ; il s'était installé dans un hôtel meublé, et il demeurait des quinzaines entières sans rentrer à Chanteraine. Pour justifier ces absences prolongées, il écrivait à sa sœur qu'il était retenu à Paris par la préparation de son premier examen, dont la date approchait : son répétiteur ne pouvait, disait-il, lui donner des leçons que fort avant dans la soirée, et il partageait la chambre d'un copain avec lequel il piochait les matières difficiles de cette épreuve imminente. Les mensonges ne lui coûtaient rien et il les tournait si joliment en les entremêlant de tendres effusions, fraternelles, que Clairette y était prise. A la longue, cependant, ce manège lui parut suspect ; elle voulut en avoir le cœur net. Un matin, elle monta dans le train et s'en alla directement au secrétariat de l'École de droit. Là, on lui déclara que l'étudiant Fontenac n'avait pris qu'une inscription, la première, et que, depuis lors, on ne l'avait jamais revu à la Faculté. Très inquiète, elle courut chez le curateur de Landry, qui la mit au courant des démarches tentées par le jouvenceau pour être autorisé à aliéner une portion de son capital.

— Je soupçonne votre frère, ajouta ce magistrat, ancien ami de Simon Fontenac, d'avoir plus de goût pour le plaisir que pour l'étude du Code et je vous engage à le surveiller de très près.

Elle se fit conduire à l'hôtel meublé dont le Traquet lui avait forcément donné l'adresse : Landry était absent. Alors, profondément déçue et dépitée de s'être laissé leurrer, elle reprit le chemin de fer et rentra chez elle, avec la ferme résolution de trancher dans le vif et de mander le coupable à Chanteraine pour lui laver la tête.

Précisément, ce même matin, le Traquet se leva tôt, contre son habitude, et d'assez maussade humeur. Il se trouvait fort désargenté, et de plus, il était en froid avec Nine. Quelques jours auparavant, l'ingénue avait eu la fantaisie d'un de ces « souvenirs durables » qu'elle préférait aux fleurs et aux friandises : un bracelet de turquoises convoité à l'étalage d'un bijoutier du Palais-Royal. A quoi Landry, souffrant de cette maladie que Panurge nommait « faulte d'argent », avait répondu par de vagues promesses et ajourné le cadeau à une époque plus fortunée. Nine avait manifesté son désappointement par une attitude glacialement digne : elle boudait, et pour mieux marquer sa bouderie, elle s'était empressée d'annoncer qu'elle profiterait de la morte-saison, dès le lendemain, pour accompagner sa tante au Tréport :

— Nous y resterons jusqu'à la fin de septembre, avait-elle ajouté, cela vous reposera de moi... Si, pourtant, le cœur vous en dit, libre à vous de nous y rejoindre...

Elle était partie, en effet, avec madame Alicia, et le pauvre amoureux, dont cette fuite attisait la juvénile passion, grillait déjà de courir après la cruelle.

Seulement, le voyage et les frais de séjour représentaient la mise en circulation d'une somme assez ronde ; en outre, Landry, sous peine de passer pour un pleutre, ne pouvait décemment reparaître devant Nine sans avoir en poche les turquoises désirées. Or, son porte-monnaie était à sec, et il ne savait à quel généreux bailleur de fonds s'adresser : sa mère faisait une saison à Vichy et Armand de la Guêpie villégiaturait chez des amis. Tout en vaguant mélancoliquement sous les marronniers déjà roussis du Luxembourg, Landry cherchait en vain d'ingénieuses combinaisons pour se procurer la « galette » indispensable. De guerre lasse, enfin, il se résignait à essayer d'attendrir Clairette, sauf à recevoir une giboulée de reproches. Après un très frugal déjeuner dans une brasserie du voisinage, il se dirigea courageusement vers la gare de Limours.

« La sermonnade est certaine, songeait-il en prenant son billet pour Berny. l'argent est plus hypothétique... Ma foi, tant pis, je risque le paquet !... »

La grille de Chanteraine lui fut ouverte par Monique, dont la mine bougonne n'avait rien d'engageant. Comme il demandait si sa sœur était au logis, la servante répondit par un grognement affirmatif.

« Hum ! pensa-t-il en montant l'escalier, la mine revêche de la vieille ne me dit rien qui vaille et le temps doit être à l'orage ! »

Néanmoins, il se présenta, d'un air guilleret, dans la chambre où Clairette allait et venait, tout émue encore des pénibles déceptions rapportées de Paris :

— Bonjour, petite sœur, comment va?

La jeune fille se retourna brusquement et aperçut devant elle celui qui était l'objet de ses tempétueuses méditations.

— Ah ! c'est vous? murmura-t-elle, indignée.

— Vous?... Ho ! ho ! se récria l'étudiant, quel crime ai-je donc commis pour mériter ce *vouvoiement*?

— Assez d'hypocrisie ! répliqua impétueusement Clairette, je suis fixée sur votre compte, et vous me dégoûtez !

— C'est épatant ! protesta Landry avec aplomb... Peut-on savoir, du moins, quels sont mes torts?

— Interrogez votre conscience, s'il vous en reste encore, et elle vous répondra... Vous m'avez trompée de toutes les façons : dans les lettres que vous m'écriviez, il n'y avait pas un mot de vrai !... Vos histoires de répétiteur, mensonge ; vos préparations aux examens, mensonge... Vous ne faites rien !... Je suis allée à la Faculté : vous n'y mettez plus les pieds... Depuis un an vous n'y avez pris qu'une inscription : la première... Osez donc me soutenir le contraire !...

Le Traquet comprit que son mauvais cas n'était pas niable ; mais, se ressaisissant très vite, il fit volte-face avec sa souple agilité d'écureuil :

— Eh bien ! oui, j'ai menti... mais j'avais mes raisons pour ça !... Si je t'ai posé une blague, c'était par égard pour toi, afin de ne pas t'ôter trop brusquement tes illusions... La vraie vérité, la voici : dans dix-huit mois, je serai appelé sous les drapeaux... Pour ne servir qu'un an, il me faudra, dans un certain délai, justifier d'un parchemin de docteur en droit... Or, je n'ai aucun goût pour la chicane, j'ai même la conviction que je serai retoqué à tous mes examens. Bref, des gens sérieux m'ont conseillé d'entrer à l'École des langues orientales, où on jouit des mêmes dispenses et où les professeurs sont plus coulants pour le diplôme... J'ai donc changé mon fusil d'épaule. Au mois d'octobre prochain j'irai rue de Lille étudier le japonais... C'est une langue commode, parce que les examinateurs eux-mêmes ne la savent que vaguement, et puis, j'ai l'amour des voyages... Quand j'aurai tiré mon année de régiment, je partirai comme interprète à Yokohama... Comprends-tu?... Seulement, ajouta-t-il, sans laisser à sa sœur ébaubie le temps de répondre, je serai obligé de suivre des cours qui n'ont lieu que le soir et de passer mes journées à la Bibliothèque... Dans ces conditions-là, impossible de demeurer à Chanteraine... Alors, j'ai pensé à quitter l'hôtel garni, qui est trop bruyant. Je louerai un petit appartement et je m'y mettrai dans mes meubles... C'est plus convenable... Pour ça, j'ai besoin d'une provision d'argent... Mettons deux mille francs, et je te prie de m'autoriser à les toucher sur ma part de succession. Cette fois, c'est sérieux, ma mignonne : tu pourras, du reste, t'assurer par toi-même de mes bonnes résolutions...

— Vos bonnes résolutions, riposta Clairette sarcastiquement, je les connais!... D'ailleurs, tout cela ne me regarde pas... adressez-vous à votre curateur ; s'il vous autorise à entamer votre capital, c'est son affaire. Quant à moi, je n'ai plus confiance...

— Ainsi, tu m'abandonnes? larmoya le Traquet ; ça t'est indifférent de me jeter sur le pavé?

— Vous n'êtes pas sur le pavé, vous le savez bien, protesta-t-elle avec vivacité... La maison est à vous comme à moi... Vous trouverez, à Chanteraine, le vivre et le couvert et vous n'y manquerez de rien...

Landry supplia, joua la comédie de la tendresse et du sentiment ; mais il se heurta à la volonté bien arrêtée de la jeune fille. Quand il fut convaincu qu'elle resterait intraitable :

— C'est bon, dit-il d'un ton irrité et menaçant, je m'adresserai ailleurs... J'ai des amis qui me comprendront, me plaindront et me prêteront l'argent qu'il me faut... Je vais, de ce pas, les trouver !

— Allez ! soupira Clairette en se contraignant violemment pour ne pas pleurer...

Le Traquet sortit de Chanteraine, très digne, mais très embarrassé. Il n'avait plus d'espoir qu'en son ami La Guêpie. Ayant décidé de lui écrire, il s'achemina vers la rue de Varenne, afin de savoir, du concierge, dans quelle direction il devrait expédier sa lettre.

Il y a un dieu pour les enfants prodigues comme pour les ivrognes. Au domicile du collectionneur, Landry apprit avec joie que celui-ci venait précisément d'arriver.

Grimpant l'escalier quatre à quatre, il surprit le bel Armand en train de changer de toilette et lui narra, au débotté, ses tracas d'amoureux et ses soucis d'argent.

— Je ne compte plus que sur vous pour me remettre à flot, dit-il en finissant ; vous serez mon sauveur, ma providence !

La Guêpie l'écouta tranquillement, en se nettoyant les ongles.

— Hum ! murmura-t-il, une triste providence qui aurait, elle-même, grand besoin, d'être secourue !... Je reviens tout

passa les cartes à un voisin et vint rejoindre ses clients dans l'encoignure où ils se tenaient à l'écart. La Guêpie lui exposa les ennuis et les besoins d'argent du Traquet.

— Mon bon, poursuivit-il, dans cette détresse, j'ai pensé à vous... N'auriez-vous pas, parmi vos relations, une personne charitable qui pourrait prêter quelques billets de mille à mon jeune ami ici présent ?

Le brocanteur, après avoir lorgné à la

LE BROCANTEUR DEMEURA UN MOMENT SONGEUR.

à fait à sec, mon cher bon !... Mais, si je ne puis être, en ce moment, votre banquier, je puis vous conduire chez un gaillard plein de ressources, qui brocante des bibelots et prête de l'argent à ses moments perdus... Dès que je serai habillé, nous irons à sa recherche...

Ils partirent tous deux à la découverte de cet homme obligeant, qui n'était autre que Février. Rue de Rennes, la boutique était close ; mais ils dénichèrent le brocanteur dans un petit café de la place Saint-Sulpice, où il achevait une partie de *manille*. Février, en les apercevant,

dérobée la frimousse d'écureuil de Landry Fontenac, demeura un moment songeur.

— En ce qui me concerne, déclara-t-il, je ne puis rien ; les affaires sont nulles et mon associé est aux bains de mer... Mais, attendez !... Je connais un homme qui a des fonds disponibles et qui, peut-être, serait charmé de rendre service à monsieur Fontenac... Je le verrai ce soir même, je tâcherai d'arranger la chose et je vous aviserai, dès demain, de la réponse.

Il tint parole et, en rentrant dans l'avenue de Chanteraine, passa d'abord chez Cyrille Gerdolle.

Le pépiniériste était seul au logis et de fort méchante humeur. Après son échec auprès de son fils, il avait eu l'idée d'écrire directement à mademoiselle Fontenac, pour lui offrir, en termes obséquieux, soixante mille francs en échange de Chanteraine, et il venait de recevoir, pour toute satisfaction, sa propre lettre, renvoyée sèchement avec cette dédaigneuse annotation de la main de Clairette : « Chanteraine n'est pas à vendre ». Février le trouva encore furieux de son échec et plus hérissé que jamais. Néanmoins, dès que le brocanteur l'eut mis au courant de la demande du Traquet, sa physionomie s'éclaira. La perspective de se venger des mépris de la sœur en devenant le créancier du frère le rasséréna peu à peu. Il saisit la balle au bond et autorisa son copain à répondre affirmativement à La Guêpie.

Rendez-vous avait été donné dans la boutique de la rue de Rennes. La Guêpie et son élève y arrivèrent à l'heure dite ; mais Landry, en reconnaissant le pépiniériste, eut, tout d'abord, un mouvement de surprise désagréable. Son malaise n'échappa point à l'attention de Gerdolle, qui voulut le rassurer et prit un air bonhomme.

— Monsieur Fontenac, commença-t-il, l'ami Février m'a mis au courant de vos ennuis et je serai enchanté, si c'est possible, de tirer d'embarras un ancien camarade de mon garçon... Avant tout, soyez tranquille, la chose restera entre nous et vous pouvez compter sur ma discrétion. On a été jeune et on sait bien que les jeunes gens se trouvent, parfois, à court d'argent mignon... Voyons, combien vous faudrait-il ?

Landry demeurait encore perplexe et ne croyait pas à tant de bonheur. Les paroles du pépiniériste répandirent un baume sur ses angoisses. Il était entré dans la boutique de curiosités avec la pensée de restreindre au strict nécessaire sa demande d'emprunt ; mais, en trouvant Gerdolle de si bonne composition, il sentait grandir son appétit.

« Tant qu'à faire, songeait-il, mieux vaut tâcher d'obtenir plus que moins, afin de n'y pas revenir à deux fois... »

— J'aurais besoin de dix mille francs... Est-ce trop ? interrogea-t-il timidement.

— Non, répliqua aimablement Cyrille, j'ai la somme sur moi.

En même temps, il tirait de sa poche un portefeuille de basane, y prenait un paquet de billets de mille et, ayant mouillé son pouce, en mettait dix à part...

— Voilà, reprit-il... Seulement... une question ? Êtes-vous majeur ?

— Pas encore, avoua Landry repris d'angoisses ; je ne le serai que dans dix-huit mois, exactement le 3 mars 1894... Mais je suis émancipé.

— Diable ! murmura Gerdolle, c'est fâcheux... Ça va nous créer des difficultés... Février vous dira qu'aux termes de la loi le mineur, même émancipé, ne peut contracter d'emprunt sans y être autorisé par son conseil de famille.

— Vous croyez ? balbutia le Traquet, en devenant blafard.

— C'est positif, affirma le brocanteur.

— Allons, ne vous tourmentez pas, reprit paternellement le pépiniériste, il y a des accommodements avec le Code et nous imaginerons un biais qui nous mettra tous deux à l'aise... Voici : Février vous vendra pour dix mille francs de bibelots que vous lui paierez en billets à ordre que j'endosserai, et en échange desquels je vous compterai la somme, déduction faite, naturellement, de l'intérêt à six pendant dix-huit mois, soit neuf cents francs, plus six cents francs pour la petite commission de mon copain Février... Restent huit mille cinq cents francs que je vais vous remettre contre votre signature.

— Bigre ! observa ironiquement La Guêpie ; en définitive, Landry paiera dix mille francs et en recevra net huit mille cinq cents... C'est un peu cosaque !

— J'ai des risques, riposta froidement Gerdolle, redevenu grincheux ; nous sommes tous mortels et si votre jeune ami venait à décéder avant sa majorité je boirais un bouillon...

Le « jeune ami » s'empressa de déclarer

qu'il acceptait. Il était complètement médusé par le chiffre de cette grosse somme dont il croyait ne voir jamais la fin. Pendant ce temps, Février avait pris, sur son bureau, cinq coupons de papier timbré, sur chacun desquels il avait rapidement minuté : « Au 15 avril 1894, je paierai à l'ordre de

Landry s'exécuta docilement ; Février passa les cinq effets à l'ordre du pépiniériste et celui-ci étala, devant l'emprunteur, huit billets de mille francs, plus cinq cents francs en or.

— Vérifiez, dit-il d'un ton bref...

Le Traquet s'empressa d'empocher la somme, remercia et se disposa à prendre

J'AI DES RISQUES, RIPOSTA FROIDEMENT GERDOLLE.

M. Alfred Février, marchand de curiosités, la somme de deux mille francs, valeur reçue en marchandises. »

— Monsieur Fontenac, reprit Gerdolle, veuillez signer ces cinq petites broches... Comme vous ne serez majeur que le 3 mars 1894, afin de nous mettre en règle avec le Code, vous aurez la bonté de les dater du 15 du même mois, même année... C'est compris, n'est-ce pas ?

congé. Après avoir soigneusement serré les cinq billets à ordre dans son portefeuille, Cyrille Gerdolle lança négligemment à son futur débiteur :

— Enchanté d'avoir pu vous être agréable... Seulement, jeune homme, souvenez-vous que j'aurai absolument besoin de mes fonds le 15 avril 1894 et ayez soin de vous tenir prêt à l'échéance...

Mais Landry ne l'écoutait plus... Pour

lui, l'échéance n'apparaissait que dans un lointain fantastique. Il ne songeait qu'à s'esquiver prestement et à rejoindre, le plus tôt possible, Nine Dupressoir au Tréport.

VII

Douze mois s'étaient écoulés sans modifier la vie des hôtes et des voisins de Chanteraine, du moins en apparence. Ces petits coins de la banlieue parisienne du sud, avec leur physionomie somnolente, leurs habitudes casanières, leur train-train d'existence monotone, n'ont pas l'air à première vue de subir l'action du temps. Comme les vergers et les bouquets de bois des entours, il semble qu'ils végètent et verdoient en restant identiques à eux-mêmes. Mais ce n'est qu'un trompe-l'œil. Tout se transforme incessamment au dedans et au dehors de nous, et le poète se leurre lorsqu'il nous dit :

Quand tout change pour toi, la nature est la même...

La vérité est que si les arbres reverdissent et refleurissent chaque année, ce sont d'autres feuilles qui les revêtent, d'autres fleurs qui les parent, d'autres oiseaux qui chantent dans leur ramures. Un invisible travail se fait à chaque instant dans les cœurs et dans les plantes, et les modifie imperceptiblement.

La route de Versailles, qui longe Chanteraine, est toujours traversée chaque dimanche par des caravanes de bicyclistes qui l'égaient du bruit de leurs grelots et du son de leurs trompes ; mais combien de ceux qui filaient l'autre année, rapides comme des flèches, s'y retrouvent-ils encore? Combien ont déjà disparu? Combien de nouveaux venus les remplacent dans la course insoucieuse vers les châtaigniers de Robinson? Dans la pépinière des Gerdolle, le père et le fils vivent toujours ensemble ; mais un sourd sentiment de méfiance les sépare et creuse chaque jour un fossé plus large entre eux. Cyrille a renoncé à endoctriner Jacques

et à se servir de lui pour arriver plus vite au but de ses convoitises. Il n'a pas jugé à propos de lui parler du prêt fait au fils Fontenac. Il se tient coi dans son bureau ou surveille silencieusement les travaux de sa pépinière. De temps à autre, seulement, il regarde d'un air de défi les ombrages de Chanteraine et sifflote, en enfonçant ses mains dans ses poches. Jacques, dont la clientèle augmente, paraît complètement absorbé par sa besogne. Il est plus que jamais affairé à dessiner des perspectives de paysages, à calculer des vallonnements et à courir les routes ; cependant, sa pensée, pareille à une hirondelle printanière a parfois de brusques revirements ; elle revole avec plus de complaisance vers les toits du logis Fontenac.

En octobre, madame Alicia Mirouffe est revenue du Tréport, toujours souriante et précieusement maquillée; néanmoins... est-ce l'effet des embruns de la mer, est-ce la marque laissée par la griffe féline de l'âge?... aux coins des lèvres et des paupières, de petites rides transparaissent sous le frottis de la crème Simon ; les joues s'affaissent de chaque côté du menton, comme pour se confondre avec les chairs molles d'un cou qui se plisse. Landry a opéré sa rentrée, à peu près à la même époque. Lui aussi s'est modifié. Aux angoisses, aux sautes d'humeur, provoquées par les soucis pécuniaires, ont succédé un aimable enjouement et une triomphante sécurité. Il a reconquis les bonnes grâces de Nine et il se croit irrésistible ; il a de l'argent dans ses poches et il s'imagine qu'il en est le légitime propriétaire ; il a oublié totalement que cet argent a été emprunté et qu'il faudra le rendre à une date qui se rapproche tous les jours. Il a la mine plus avantageuse, l'aplomb plus bruyant ; il trouve qu'il fait bon vivre et, comme le bonheur rend indulgent, il a pardonné à sa sœur la rigueur de ses refus. De loin en loin, il se montre à Chanteraine et y fait amende honorable. Même, pour prouver qu'il est homme à tenir ses promesses, et aussi sans doute pour être dispensé du service de trois ans, il s'est réellement inscrit à l'École des langues orientales et il y suit assez assidûment les cours de japonais ; si bien que Clairette, tout en conservant un reste de méfiance, se radoucit et, pour encourager les bonnes intentions du Traquet, consent à meubler avec ses économies l'entresol loué rue Monsieur, à deux pas du domicile de La Guêpie.

Du reste, chez mademoiselle Fontenac elle-même, une transformation s'est peu à peu opérée. Sa tristesse intransigeante s'est tempérée d'une tendre mélancolie. Elle est devenue moins indifférente aux joies du monde extérieur. Depuis le commencement du printemps sa jeunesse s'est réveillée ; elle reprend le goût de vivre, elle ne borne plus ses promenades à l'église et au cimetière, mais s'attarde à jouir de la fraîcheur des matinées fleuries et de la splendeur des soirées de juin. Elle est tout étonnée à l'aspect des prairies qui mûrissent et des blés verts qui ondulent jusqu'au bord de l'horizon. Elle s'écrierait volontiers, comme madame Guillon, au sortir d'une grande douleur causée par l'abandon du président Le Cogneux : « Ah ! voilà de l'herbe, voilà des moutons... Avant cela, je ne voyais plus ce que je voyais !... »

Parfois, dans ses courses à travers champs, il lui est arrivé de rencontrer Jacques Gerdolle ; il l'a saluée timidement elle lui a rendu son salut en rougissant ; longtemps encore, après que le jeune homme a disparu au tournant de la route, elle est restée troublée et pensive. Maintenant, lorsque au cimetière elle entretient le jardinet qui décore la tombe paternelle, son attention n'est plus tout absorbée par les regrets. D'autres souvenirs se mêlent inconsciemment à ceux du défunt. Ses regards errants contemplent la vallée verdoyante, le frisson argenté des avoines, le bleuâtre moutonnement des bois de Verrières, et reviennent invariablement se fixer au détour du chemin où ils ont vu passer le fils du pépiniériste. Presque aussitôt, il est vrai, elle se reproche cette infidélité au passé, cette coupable distraction qui la détourne de ses devoirs de fille.

Mais il n'en est pas moins évident que le mort n'est plus l'unique préoccupation de son cœur et qu'elle l'oublie par instants pour penser à ceux qui vivent.

Ah ! les pauvres morts, il leur faut être indulgents. Comment peuvent-ils espérer qu'ils seront toujours la pensée dominante des survivants, quand ceux-ci mêmes, en pleine vie, sont obligés de s'agiter et de mener grand bruit pour ne pas être oubliés par leurs meilleurs amis ? Ils sont cruellement vrais, ces vers du poète anglais Thomas Hood, dont voici à peu près le sens :

...La réelle mort qui frappe d'épouvante
Les jeunes et les vieux, le débile et le fort,
C'est l'oubli, c'est l'amère et navrante pensée
Que les affections et les regrets pieux
Reviendront chaque jour en foule moins pressée
Pleurer sur un tombeau morne et silencieux ;

Et que, sur les défunts, lorsque l'herbe nouvelle
Durant deux frais printemps à peine aura fleuri,
Leur souvenir moins vert et moins vivace qu'elle,
Au cœur des survivants sera déjà flétri...

Quand on nous parle des morts qui ne veulent pas être oubliés, si nous étions moins hypocrites nous répondrions : « O morts, je me souviendrai de vous pendant un peu de temps, jusqu'à ce que je rencontre un vivant plus jeune et plus charmant, et alors fatalement je vous oublierai... »

Ce revif de jeunesse, cette sève soudain remontante, Clairette les dépensait généreusement en bonnes œuvres, en visites aux indigents et aux malades du village. Elle espérait de cette façon apaiser ses confuses agitations et en même temps se faire pardonner les profanes dissipations de son esprit. Elle s'ingéniait à découvrir autour de Chanteraine les misères cachées, les pauvretés honteuses, les douleurs inconsolées, afin de satisfaire un besoin plus impérieux de dévouement et de tendresse. Elle pénétrait en d'obscurs taudis, où l'on souffrait de la faim et du froid, s'asseyait au chevet des moribonds, se penchait sur des lits d'enfants anémiés ou fiévreux. Partout, elle distribuait des aumônes, apportant ici de quoi confectionner un pot-au-feu, là, quelques bouteilles de vieux

IL L'A SALUÉE TIMIDEMENT, ELLE LUI A RENDU SON SALUT EN ROUGISSANT.

vin, faisant exécuter elle-même, chez le pharmacien, les ordonnances trop coûteuses du médecin, répandant partout des paroles réconfortantes. Les malheureux sont en plus grand nombre que les âmes charitables, et bientôt elle eut une notable clientèle de miséreux et de grabataires, éparpillés dans tous les coins de la commune.

En tête de ces clients besogneux et intéressants figuraient la femme et les enfants de notre vieille connaissance Ildevert Brincard. Ils habitaient entre Larue et Fresnes, à la lisière d'un champ de fraisiers, une bicoque croulante, adossée à une sablière. Cette cabane, construite en torchis, écrasée sous un toit de tuiles à demi effondré, comprenait un faux grenier et une chambre, servant de cuisine et de dortoir à toute la famille, qui y grouillait pêle-mêle. D'ordinaire, la Brincarde faisait des ménages, mais elle était rhumatisante et souffrait depuis un mois d'une tumeur blanche au poignet droit, ce qui la forçait à renoncer à ses journées. La fille aînée qui courait sur ses dix-sept ans et un garçon qui en avait quinze travaillaient dans une féculerie ; les deux plus jeunes, pareils à des moineaux pillards, vagabondaient dans les champs et y vivaient de maraude. Quant à Brincard, qui gagnait de bonnes journées, mais qui en buvait une partie au cabaret, il avait eu des malheurs. Un matin, au petit jour, Gerdolle, qui soupçonnait son ouvrier de décimer à son profit les jeunes plants de sa pépinière, s'était fait escorter du garde champêtre, et Brincard avait été pris la main dans le sac. Furieux, le pépiniériste avait dénoncé son délinquant au parquet. Depuis quelque temps on volait un peu partout aux environs et il fallait faire un exemple : enlèvement nocturne d'arbustes avec cette circonstance aggravante que le voleur était employé chez le propriétaire ; le tribunal, bien décidé à *saler* le coupable, prononçait une condamnation à six mois de prison, que le malchanceux Brincard était en train de purger...

La femme, incapable de tout travail, le mari sous les verrous, il ne restait plus pour sustenter la maisonnée que les maigres salaires des deux aînés. Mais quand la guigne tient les gens, elle ne les lâche plus. Peu de jours après l'emprisonnement du père, vers la mi-novembre, le garçon attrapait une mauvaise fièvre dans sa féculerie et était obligé de s'aliter. Mademoiselle Fontenac, qui depuis longtemps secourait la famille endettée, avait été immédiatement avisée de la nouvelle épreuve que subissait ce logis. Elle visitait maintenant assidûment les Brincard ; elle leur avait amené un médecin, avait approvisionné de pain et de bois la huche et le bûcher vides. Chaque soir, elle apparaissait comme une bonne fée, chargée de provisions, et s'installait auprès du garçon malade.

VIII

Un après-midi, retenue chez elle par une circonstance imprévue, Clairette n'avait pu quitter Chanteraine qu'assez tard. Enveloppée dans une cape de laine, sous laquelle elle dissimulait un panier garni de viandes froides et de grappes de raisin, elle se hâtait vers la fraisière, car le jour baissait, et un rouge soleil d'hiver s'enfonçait parmi les nuées pluvieuses du couchant. Quand elle pénétra dans l'unique chambre déjà presque enténébrée, elle fut étonnée d'apercevoir, au lieu de la femme Brincard, une silhouette masculine se dessinant dans la pénombre. Elle hasarda encore quelques pas, puis une soudaine émotion la cloua immobile au milieu de la pièce. Ses yeux, s'habituant à l'obscurité, venaient de constater que cet étranger n'était autre que Jacques Gerdolle. Elle ne put retenir une exclamation :

— Vous?...

Jacques l'avait reconnue également. Il était sans doute instruit des visites journalières de mademoiselle Fontenac ; sa surprise fut moins grande, mais l'émotion qu'il éprouva fut plus forte encore que celle de Clairette.

— Pardon, mademoiselle, balbutia-t-il comme s'il eût cherché une excuse, le médecin sort d'ici... Il avait préparé une ordonnance, et la Brincard est allée chez le pharmacien de Fresnes. Alors, j'ai attendu son retour pour ne pas laisser seul le jeune malade.

D'abord Clairette, effarée, avait été tentée de déposer son panier et de s'enfuir ; mais elle eut honte de ce mouvement de nervosité ; se débarrassant de ses provisions, de son chapeau et de sa cape, elle murmura comme si elle se répondait à elle-même :

— Il faut que j'attende, moi aussi ; je veux savoir ce qu'a dit le médecin.

— Je suis venu chez les Brincard, reprit le jeune homme, pour remplir un devoir et réparer des torts qui ne sont pas les miens... Toutefois, si ma présence vous gêne ou... vous est pénible, je vais me retirer...

— Non, non, protesta-t-elle en rougissant jusqu'aux tempes et en rendant grâce à l'obscurité croissante qui empêchait Jacques de remarquer son trouble.

L'ombre pourtant n'était pas si dense qu'on ne pût distinguer les yeux brillants du malade, qui se fixaient alternativement sur les deux interlocuteurs. Clairette surprit ce regard allumé et curieux, et se tournant vivement vers le lit :

— Charlot, demanda-t-elle, comment ça va-t-il?

— Pas trop bien, mam'selle, voici l'heure où l'accès revient.

— Alors, ne gardez pas ainsi vos bras hors du lit, renfoncez-vous sous vos couvertures... Car il fait froid et on a laissé tomber le feu.

— C'est ma faute, avoua humblement Jacques Gerdolle, mais je ne savais où trouver du bois.

— Là, dehors, sous un appentis à droite de la maisonnette, répliqua la jeune fille... Ayez l'obligeance d'y prendre des margottins et des bûches...

Elle avait allumé un bougeoir et rangeait sur le buffet le contenu de son panier, quand Jacques reparut avec une falourde :

— Savez-vous faire le feu? interrogea-t-elle avec une moue d'incrédulité.

— Je crois que oui, repartit-il en souriant.

Il se mit à la besogne et bientôt une flamme pétilla gaiement dans l'âtre. Clairette remplit d'eau une bouilloire qu'elle posa entre les chenets. En un clin d'œil elle eut remis un peu d'ordre dans la chambre, bordé les couvertures, battu les oreillers qu'elle replaçait avec précaution sous la tête du malade.

— Puis-je vous aider à quelque chose? dit Jacques, confus de rester oisif, tandis qu'elle allait et venait, active comme une abeille.

— Merci, voilà qui est fait! déclara-t-elle.

L'eau chantait doucement dans la bouilloire ; dès que l'ébullition fut complète, mademoiselle Fontenac y jeta un paquet de petite centaurée et, après quelques minutes d'attente silencieuse, décanta l'infusion, la versa dans une tasse, sucrée au préalable, et l'apporta à Charlot qui commençait à grelotter sous l'action de la fièvre. Elle lui soutenait maternellement la nuque tandis qu'il buvait avec une grimace l'amère tisane fébrifuge.

Assis au coin de la cheminée, Jacques suivait les mouvements agiles de Clairette. La lueur vacillante de la bougie mettait en valeur tantôt la taille de la jeune fille penchée vers le lit, tantôt le pur et ferme profil aux cils à demi rejoints, aux coins des lèvres malicieusement retroussées. Comme aux saisons de l'adolescence, il la trouvait charmante, et il ne put s'empêcher de manifester son admiration :

— Quelle exquise sœur de charité vous êtes, mademoiselle ! Qui donc vous a enseigné l'art de si bien soigner les malades ?

— Cela est venu tout seul, répondit-elle...

Puis avec une intonation plus grave, elle ajouta :

— Quand on est soi-même dans la peine, on apprend vite à soulager les souffrances des autres...

Ces dernières paroles sonnèrent comme

un reproche aux oreilles de Jacques Gerdolle. Il savait trop quel était le principal
auteur des chagrins de cette adorable
jeune fille ; il se souvenait d'avoir eu sa
part involontaire dans ces peines aux-
quelles elle faisait allusion. Il se sentait
le cœur plein de compassion et de ten-

yeux de son interlocuteur. Un silence
profond s'appesantit sur eux, un silence
oppressif que soudain traversa un soupir
échappé des lèvres du jeune homme...

La porte s'ouvrit brusquement, et la
Brincarde parut tout essoufflée. C'était
une grande femme maigre, maladive et

PARDON, MADEMOISELLE, LE MÉDECIN SORT D'ICI...

dresse, mais il n'osait plus articuler un
mot de peur de rouvrir une blessure à
peine fermée. De son côté, Clairette re-
pensait à ses lettres d'adolescente, tombées entre les mains du pépiniériste, et
mises cruellement sous les yeux de Simon
Fontenac. Une rougeur lui montait aux
joues et elle craignait de rencontrer les

geignarde. Elle se confondit en excuses
de s'être attardée si longtemps, mais
l'apothicaire n'en finissait pas de cacheter
ses drogues.

— Le docteur est venu, interrompit
Clairette, comment trouve-t-il votre malade?

— Ni mieux ni pis, mam'selle, il dit

que ça sera long... Ah ! quel malheur, n'est-ce pas?... Un garçon qui commençait à gagner un peu d'argent... Nous ne sortons d'un tracas que pour tomber dans un autre... La misère grêle sur nous... Heureusement qu'il y a encore de braves gens, mam'selle Fontenac ! Qu'est-ce que nous deviendrions sans vous? Que Dieu vous le rende !

Clairette demanda à voir l'ordonnance, expliqua avec soin à la mère les prescriptions médicales, recommanda de les exécuter strictement, puis déclara qu'il se faisait tard et qu'elle était forcée de partir. Elle se recoiffa rapidement, s'enveloppa de sa cape, jeta un coup d'œil sur Charlot qui s'assoupissait et rouvrit la porte. Elle avait déjà mis le pied sur le seuil ; Jacques, après avoir glissé vingt francs dans la main de la Brincarde, s'avança à son tour.

— La nuit est très noire, observa-t-il timidement, et vous ne pouvez pas vous aventurer seule dans de mauvais chemins... Permettez-moi de vous accompagner jusqu'à Chanteraine, mademoiselle...

Au sortir de la chambre éclairée, l'obscurité semblait si épaisse que la jeune fille fut prise de peur ; elle accepta et ils s'éloignèrent ensemble.

Pendant qu'ils s'attardaient chez les Brincard, une averse était tombée. Maintenant le ciel s'éclaircissait ; les étoiles y brillaient d'un éclat phosphorescent ; mais la terre détrempée rendait la marche pénible, et l'on risquait de trébucher dans des ornières pleines d'eau. Jacques, le premier, rompit le silence :

— Le sol est glissant et on ne sait où poser les pieds d'aplomb... Ne voulez-vous pas accepter mon bras ?

— Merci, la nuit n'est pas aussi noire que je croyais et j'y vois assez pour me diriger... D'ailleurs, je n'ai pas l'habitude de donner le bras, et ça me gênerait plutôt...

Ce refus de Clairette fut suivi d'un nouveau silence. On n'entendait plus que le bruit des pas sur le sentier pierreux, et là-bas, au long de la route d'Orléans, le rythme cahotant des voitures de maraîchers...

— Comment va votre frère? questionna derechef le jeune homme, qui voulait à toute force ranimer l'entretien.

— Très bien... Je le suppose, du moins, car nous ne nous sommes pas vus depuis un mois.

— Il n'habite donc plus avec vous?

— Non, il s'est installé à Paris, dans un petit appartement, rue Monsieur... Il prétend que c'est nécessaire pour son travail !

L'ironie attristée qui soulignait ces derniers mots frappa le fils du pépiniériste ; il regarda Clairette et remarqua, à la lueur des étoiles, le scintillement mouillé de ses yeux bruns :

— Voilà la vie ! soupira-t-il ; après avoir passé des années côte à côte, intimement serrés l'un contre l'autre, comme des oiseaux dans un nid, on se sépare, on se disperse, et quand on se rencontre plus tard, c'est à peine si l'on se reconnaît... Où est le temps où nous courions tous les trois dans les champs moissonnés et où nous causions amicalement à l'ombre des meules?...

Mademoiselle Fontenac secouait la tête :

— A quoi bon remuer ces souvenirs-là?... Ils font penser à trop de choses navrantes... Nous les avons oubliés tous deux, et c'est tant mieux !

— Mademoiselle Clairette, répliqua gravement Jacques en se rapprochant d'elle, puisqu'un hasard nous a ramenés l'un près de l'autre, laissez-moi vous parler à cœur ouvert... D'abord, si notre amitié d'autrefois vous a amené de grands ennuis, croyez bien que j'ai pâti autant que vous d'être la cause involontaire de vos chagrins. Vos lettres, que j'ai eu le tort de conserver, m'ont été soustraites, et mon père m'a menacé, si j'essayais de vous revoir, de remettre cette correspondance à monsieur Fontenac...

— Il ne s'est pas gêné pour le faire ! interrompit amèrement la jeune fille.

— Oui, et je n'ai connu que plus tard sa trahison... Mon père n'est pas méchant au fond, mais il est emporté et ne sait pas résister aux suggestions de sa colère... C'est ce qui l'a poussé à nuire à monsieur Fontenac ; c'est ce qui vient d'arriver encore à l'occasion de ce malheureux Brincard... J'essaye autant que je peux de remédier aux funestes effets de son humeur vindicative, et j'aurais donné beaucoup pour réparer le mal qu'il vous avait fait... Mais là, j'étais impuissant... Après le procès de la Bièvre, après la plainte en police correctionnelle, je n'osais plus reparaître devant vous... Je comprenais quel devait être votre ressentiment...

— Je n'ai pas de ressentiment... contre vous, du moins, murmura Clairette en baissant la tête.

— J'aurais tant voulu, continua-t-il, vous convaincre que j'étais resté digne de votre affection !... J'étais désespéré que vous puissiez me croire un ennemi... ou un indifférent.

— Indifférent... oui, je l'ai cru longtemps, avoua-t-elle.

— Et aujourd'hui?

— Aujourd'hui, je crois que vous êtes un brave cœur, et je regrette mes jugements téméraires...

— Alors, dit-il encouragé, vous ne vous offenserez pas si je continue mes visites chez les Brincard, et vous me permettrez de m'associer au bien que vous faites à ces pauvres gens?

— J'aurais mauvaise grâce à refuser votre concours, déclara-t-elle en souriant malicieusement, puisque ce serait au préjudice de la Brincarde.

— Est-ce là votre unique raison? insista Jacques d'une voix suppliante ; ne me rendrez-vous pas votre amitié?

— Elle ne vous serait guère profitable.

— Qu'en savez-vous?... Elle me réchaufferait comme un rayon de soleil... Ma vie est si terne, si privée d'affection, si froidement solitaire !

— Pas plus que la mienne! balbutia-t-elle avec un soupir.

À ce moment la lune déjà échancrée surgit au-dessus des bois de Verrières ; son croissant baigna de molles clartés les prairies de la Bièvre et fit luire les toits humides des maisons éparses. Jacques et Clairette descendaient plus lentement le sentier qui dévalait vers la grande route. Ils savouraient la joie intérieure qui leur gonflait la poitrine et les empêchait de parler. Il leur semblait que, comme la lune émergeant à l'horizon, le jeune amour d'autrefois remontait en eux et les inondait de sa blonde lumière.

— Alors... amis? demanda timidement Jacques, quand ils se trouvèrent à l'entrée de l'avenue des platanes.

— Soit ! chuchota très bas Clairette, à condition que vous ne m'accompagnerez pas plus loin...

— Je vous obéis, répondit-il, mais je ne rentrerai qu'après vous avoir vue en sûreté derrière la grille de Chanteraine...

Il lui tendait une main que Clairette serra hâtivement, puis, avec plus de hâte encore, elle gagna le fond de l'avenue et disparut derrière la porte vivement refermée.

IX

Le lendemain, après un long bain de sommeil, Clairette s'éveillait avec une joie confuse, une sensation d'allégement qu'elle n'avait plus depuis bien longtemps goûtée. Il lui semblait qu'elle était bercée par de matinales chansons de printemps. Les yeux à peine ouverts, l'esprit encore à demi endormi, elle cherchait paresseusement d'où lui venait cette insolite allégresse. Tout à coup, dans son cerveau embrumé une lumière jaillit, pareille à un premier rayon de soleil : elle se remémora les incidents de la veille et comprit que toute cette joie lui venait d'avoir fait la paix avec Jacques Gerdolle.

Elle souleva le rideau de sa fenêtre. Au dehors le ciel était gris et un froid brouillard de novembre rasait la terre nue. Mais peu lui importaient la bise et les brumes du dehors ; elle avait au dedans d'elle un foyer de chaleur aux flammes pétillantes et claires. Peu lui importaient la couleur du ciel et l'alternance des saisons. Elle ne possédait plus la notion de la fuite du temps. Sa réconciliation avec Jacques avait relié ses heures d'adolescence à ses heures de jeunesse par un pont magique, jeté sur l'abime où disparaissaient les mauvaises années intermédiaires.

La maladie du fils de la Brincarde, en se prolongeant, fournit aux deux jeunes gens l'occasion de se retrouver sous le toit croulant de la maisonnette adossée à la sablière. Leurs rencontres n'étaient jamais préméditées, mais elles se produisaient souvent, favorisées par la mystérieuse influence magnétique qui agit à notre insu sur nos déterminations. En quittant le chevet du garçon malade, Jacques et Clairette s'en revenaient ensemble à la nuit tombante ; dans l'intimité d'un innocent tête-à-tête, leurs cœurs s'accordaient chaque soir davantage. Décembre, janvier, février passaient avec leurs froids noirs, leur neige et leurs averses. Les deux amis n'en avaient cure :

Tous les jours se levaient clairs et sereins pour eux.

Clairette était redevenue enjouée et doucement malicieuse comme au temps jadis. La jeunesse reprenait le dessus et mettait en relief le charme de cette nature prime-sautière, qui se remontrait dans sa grâce et son éclat de fleur épanouie. A mesure que l'hiver reculait et cédait la place au printemps, Clairette recouvrait sa vivacité et son exubérance. Elle semblait même plus accessible à des sentiments de coquetterie. Ayant quitté le deuil, elle égayait volontiers ses robes grises d'un ruban aux couleurs tendres ou d'un bouquet de violettes. La vieille Monique, étonnée et réjouie en constatant ce renouveau inattendu, ce reverdissement des qualités et même des mignons défauts de sa jeune maîtresse, ne pouvait se tenir de manifester son contentement :

— Comme te voilà brave, fraîche et joliment atournée ! s'écriait-elle en l'admirant dans une neuve toilette printanière ; tu as mis au rancart tes robes de nonne, et c'est tant mieux : la plume ne fait pas l'oiseau, mais elle ne le *dégence* pas... Ça me rajeunit de te voir *affriquelée* (frétillante) comme une bergeronnette d'avril. Tu sais : il y a un temps pour pleurer et un temps pour s'ébaudir !... Quand tu seras une vieille bique comme moi, tu auras du loisir assez pour t'*angouësser* et porter du noir... Il y a longtemps que je priais tous les saints du ciel de te tirer de tes mélancolies... Heureusement, il y en a un qui m'a entendue, et si je savais lequel je lui brûlerais un cierge de bon cœur !...

Clairette l'écoutait en souriant. Mieux que la vieille servante, elle était renseignée sur le personnage qui avait opéré ce miracle de rajeunissement. Il n'avait rien à démêler avec les habitants du paradis ; il s'appelait Jacques, ses yeux étaient de couleur noisette et il portait sa barbe châtaine en pointe. Quand elle pensait à lui, et depuis six mois cela arrivait à toute heure, elle croyait respirer une tiède haleine qui aurait passé par-dessus les champs de violettes de la vallée ; un vert jardin d'amour s'épanouissait dans sa poitrine, une atmosphère de tendresse l'enveloppait et elle se sentait heureuse de vivre.

Cette félicité sans nuage fut brusquement traversée par un coup de foudre. Un matin, Landry apparut à Chanteraine, hagard, la contenance piteuse et le visage bouleversé. Déjà, lors d'une précédente visite, Clairette avait remarqué ses airs préoccupés et son humeur morose ; mais cette fois il était complètement affolé, blafard, les yeux battus, le dos courbé ; son effondrement était tel que sa sœur crut qu'il couvait quelque grave maladie :

— Mon Dieu ! s'écria-t-elle effrayée, tu as une mine de déterré... Es-tu souffrant ?

— Moralement... oui, répondit le Traquet d'une voix morne ; je suis perdu !

Clairette, connaissant la faiblesse de caractère et la légèreté de son frère craignit qu'il ne se fût compromis dans une fâcheuse affaire :

— Comment, perdu ? répéta-t-elle...

JE SUIS PERDU !

Landry, aurais-tu commis quelque action déshonorante?

— Non, protesta-t-il en se redressant, l'honneur est sauf... jusqu'à présent ; mais je n'en suis pas moins un homme à la mer... J'ai des dettes et les huissiers vont me saisir...

La sœur aînée respira... L'accablement de Landry lui avait fait redouter de pires mésaventures.

— Je m'en étais toujours doutée, soupira-t-elle. Malheureux, explique-toi !... Quel est ton créancier?

— J'en ai plusieurs, déclara piteusement le Traquet, mais le plus impitoyable est ce damné pépiniériste d'à côté...

— Gerdolle!... C'est honteux!... Voyons, reprit-elle impétueusement, plus de réticences !... Dis-moi toute la vérité !

Alors le Traquet entra, comme on dit en style judiciaire, « dans la voie des aveux ». Il conta comment, mis au pied du mur, il avait cherché à emprunter ; comment, par l'intermédiaire de Février, il s'était trouvé en rapport avec Cyrille Gerdolle, qui lui avait avancé dix mille francs payables à sa majorité. Comptant sur la complaisance du pépiniériste, qui semblait d'abord très coulant, il s'était laissé acculer au jour de l'échéance ; puis, à bout de ressources, il avait joué dans un cercle où La Guêpie l'avait présenté. Complètement décavé, il avait obtenu du gagnant un délai pour s'acquitter, mais ce délai était à la veille d'expirer ; bref, il ne savait plus de quel bois faire flèche, et Gerdolle le poursuivait l'épée dans les reins...

Ce qu'il ne racontait pas et qui cependant lui tenait le plus au cœur, c'était le *lâchage* de Nine Dupressoir. Ayant largement profité de l'aubaine des dix mille francs prêtés par le pépiniériste et pressentant que le Traquet était à sec, elle lui avait brusquement tourné le dos. Elle venait d'acheter un fonds de modiste, grâce à la munificence d'un protecteur sérieux ; elle se souciait peu de traîner derrière ses jupes un garçon compromettant et désargenté, et elle lui avait brutalement fermé sa porte. Ce congé humiliant

aggravait notablement les déboires de l'infortuné Landry et donnait à son désespoir un accent plus tragique. En achevant sa confession, il pleurait comme un gosse.

— C'est fini, sanglotait-il, je suis à terre et je ne m'en relèverai pas... Il ne me reste plus qu'à devancer l'appel et à m'engager dans un régiment...

— Tais-toi ! s'écria Clairette, touchée de ses larmes, cela ne remédierait à rien et n'arrêterait pas les poursuites... Combien dois-tu en tout?

— Avec les billets Gerdolle, ma dette de jeu et les mémoires de mes fournisseurs, environ vingt mille francs, murmura humblement Landry... C'est le tiers de mon héritage, gémit-il, puisque nous ne devons pas toucher à Chanteraine... Ah ! Clairette, je suis un grand misérable !

Chanteraine !... La jeune fille demeurait silencieuse et fort perplexe. Par la fenêtre large ouverte, ses yeux se fixaient sur le jardin plein de soleil où les lilas et les cytises déjà s'épanouissaient, où les ramures du cerisier à bigarreaux se paraient de boutons blancs et de folioles d'un jaune d'or. Elle songeait combien la vieille maison lui était plus que jamais chère. Tout en se rappelant sa promesse de ne point aliéner le domaine paternel, elle se disait aussi que Simon Fontenac tenait surtout au bon renom de la famille et que, sans doute, il n'eût pas hésité lui-même à vendre pour sauver l'honneur de son fils...

— Quand nous nous lamenterions, s'exclama-t-elle brusquement, cela ne nous tirera pas d'embarras... L'important est de prendre une décision avant que ta déconfiture ne devienne la fable du pays... Nous ne pouvons pas entamer notre capital mobilier qui constitue notre seul revenu... Chanteraine, au contraire, est d'un entretien coûteux et ne rapporte rien... C'est donc Chanteraine qu'il faut sacrifier...

— Quoi, petite sœur, tu te résignerais?... Ah ! décidément, tu vaux mieux que moi ! s'écria le Traquet, sincèrement ému. Puis, tout à coup, redevenant pratique : « Mais, objecta-t-il, le temps presse, et tu ne trouveras pas un acquéreur du jour au lendemain.

— J'en connais un qui conclura l'affaire dès demain, si je veux.

— Ah ! bah !... Qui donc?

— Ton propre créancier, Cyrille Gerdolle ! répliqua sarcastiquement Clairette ; il m'a déjà fait des offres...

— Oh ! le gredin, s'écria Landry, suffoqué, je comprends où il voulait en venir et il m'a joué sous jambes... Et tu consentiras à traiter avec une pareille canaille?...

— Aimes-tu mieux attendre la saisie? riposta énergiquement sa sœur ; ce n'est plus le moment de faire le dégoûté !... Je suppose que tu ne te soucies pas de retourner à Paris... Tu vas t'installer ici, y rester coi et me laisser le soin de tout arranger...

Le jeune coq baissait la crête ; il était trop endolori pour se hasarder à jouer le Tranche-Montagne et le Rodomont.

— Clairette ? demanda-t-il en larmoyant.

— Quoi encore?

— Laisse-moi au moins t'embrasser et te remercier.

— Tu peux, répondit-elle tristement en lui tendant la joue, tu ne sauras jamais à quel point ce sacrifice me navre... Va-t'en et tâche de ne plus pécher !...

Une fois seule, elle s'assit à son bureau et griffonna nerveusement un billet que Monique fut chargée de remettre immédiatement à Jacques Gerdolle.

« Mon ami, lui écrivait-elle, il y a quelque temps votre père m'a manifesté le désir de se rendre acquéreur de Chanteraine, et j'ai dû décliner ses offres. Aujourd'hui, j'ai changé d'avis et je suis disposée à vendre. Ayez la bonté d'en prévenir M. Gerdolle et de lui demander de me répondre aussitôt que possible.

» Bien affectueusement à vous,

» CLAIRETTE. »

X

Quand, le soir même, Jacques communiqua à son père la lettre de mademoiselle Fontenac, le pépiniériste, en déchiffrant ce laconique billet, éprouva une vive satisfaction intérieure, qu'il se garda bien de montrer. Il se borna à le lire et à murmurer d'un ton gouailleur :

— Hum !... Je suis flatté de voir que tu réussis mieux que moi près des demoiselles ; ça ne m'étonne pas : elles préfèrent les jolis garçons à de vieux singes de mon espèce...

Il relut la missive de Clairette et la commenta railleusement :

— « Mon ami... » « Bien affectueusement à vous... » On se dit des douceurs... Paraît que vous avez renouvelé connaissance?

— Oui, repartit brièvement Jacques, nous nous sommes rencontrés par hasard près d'un malade auquel nous nous intéressons tous deux...

— Et alors ça a rebiché entre vous... Je ne m'en plains pas... Seulement, c'était pas la peine de faire la petite bouche et de monter sur tes grands chevaux, pour en arriver au point où je désirais t'amener il y a deux ans... Enfin !... Tout est bien qui finit bien... Tu peux répondre à ton « amie » que j'irai demain chez elle sur le coup de dix heures...

En effet, dix heures tintaient à l'horloge du haras de Berny, lorsque Monique ouvrit la grille de Chanteraine au visiteur qu'on attendait. Tête haute, sans se presser, se mettant à l'aise comme s'il était déjà chez lui, Gerdolle suivait la servante le long de l'allée principale du jardin. En passant, il salua d'un coup d'œil familier le cerisier planté au milieu d'une corbeille de girolées. « Toi, mon vieux, semblait-il lui murmurer in petto, nous aurons bientôt affaire ensemble, et je saurai ce que tu caches sous tes racines... »

Monique introduisit le pépiniériste dans le cabinet de travail où jadis Simon Fontenac l'avait si outrageusement malmené. Cette fois les rôles étaient intervertis et il allait prendre sa revanche !... Clairette, très grave, se tenait debout près du bureau ; le Traquet, rencogné dans un angle de la bibliothèque, y demeurait coi, selon la recommandation de sa sœur. Il ne bougea même pas à l'entrée de son farouche créancier. Celui-ci se découvrit d'un geste brusque, salua gauchement et, comme s'il n'eut pas remarqué la présence de Landry, s'adressa tout de go à la jeune fille :

— Mademoiselle, j'ai pris communication de votre lettre et je vous apporte ma réponse. J'espère qu'en y mettant chacun du nôtre, nous arriverons à nous entendre... Je n'irai pas par quatre chemins. Ainsi que je vous l'ai écrit dans le temps, Chanteraine me plaît, je sais qu'il n'est grevé d'aucune hypothèque... C'est un bon petit lot qui me permettra de m'agrandir et de loger commodément mon fils Jacques quand il songera à se marier... Voici mon offre : cinquante mille francs payés comptant ; entrée en jouissance le jour de la passation de l'acte... Voyez si ça vous va.

— Pardon, monsieur, répliqua Clairette, interdite, si j'ai bonne mémoire, c'est soixante mille francs et non cinquante que vous m'offriez dans la lettre que vous m'avez écrite...

— Et que vous m'avez renvoyée avec un refus, interrompit ironiquement Gerdolle... Possible ; mais de même que vous avez changé d'avis, les choses ont changé de tournure. Jadis, c'était moi qui offrais ; aujourd'hui, c'est vous qui demandez. En outre, depuis qu'il est question de bâtir des prisons à Fresnes, le prix des propriétés d'agrément a baissé ; la vôtre se trouve dépréciée comme les autres, et, si vous tardez, vous risquez de la voir encore diminuer de valeur... Cinquante mille francs... C'est à prendre ou à laisser !

Mademoiselle Fontenac, indignée de cette mauvaise foi, avait bonne envie de regimber. Mais en jetant les yeux sur la physionomie flegmatique et froidement résolue de son interlocuteur, elle comprit qu'elle et son frère étaient entre les mains de cet homme, et qu'il abuserait de sa situation de créancier pour imposer despotiquement ses volontés.

— Soit, murmura-t-elle en courbant la tête, nous ne discuterons pas avec vous et nous acceptons ce prix très inférieur... Reste à fixer la date du paiement.

— Oh ! ce sera bien simple, répondit Gerdolle en tirant un dossier de sa poche, vous savez ou vous ne savez pas que monsieur votre frère me doit dix mille francs... Les billets souscrits sont là... Il y a en plus les frais de recouvrement : protêt, dénonciation, assignation, signification de jugement, sommation, saisie... Mettons cinquante louis en chiffres ronds... Total : onze mille francs dont je me paierai tout d'abord par compensation...

— Onze mille francs ! s'exclama le Traquet abasourdi, quand je n'en ai touché réellement que huit mille, c'est raide tout de même !... En bon français, ça s'appelle de l'usure !

Le pépiniériste fixa dédaigneusement les yeux vers le coin où s'agitait Landry, puis reprit de son ton de pince-sans-rire :

— Mademoiselle, priez donc ce jeune homme de ne point m'injurier... Je pourrais lui river son clou... J'aime mieux me taire et discuter tranquillement avec une personne raisonnable.

— Landry, supplia Clairette, souviens-toi de ce que tu m'as promis !... Mon frère, ajouta-t-elle fermement en se retournant vers Gerdolle, a le droit d'assister à notre entretien puisqu'il est majeur et copropriétaire de Chanteraine... Mais il se possède moins que moi et sa jeunesse le pousse à se révolter contre certains procédés...

— Oui, riposta Cyrille en goguenardant, il est encore vert, ainsi que les circonstances l'ont prouvé... Mais, revenons à notre affaire... Si nous sommes d'accord, j'arrêterai aujourd'hui même les poursuites et je vous remettrai le dossier que voici... Quant aux trente-neuf mille francs restant, je vous les compterai en espèces sonnantes le jour où nous signerons l'acte... Est-ce oui ou non ?...

— Je suis disposée à me soumettre à vos exigences, soupira Clairette ; toutefois, avant de dire oui, je veux être fixée sur un dernier point. Vous avez tout à l'heure parlé d'entrer en jouissance immédiatement. Je désire, moi, ne quitter Chanteraine qu'en octobre prochain, après l'anniversaire de la mort de mon père. Il s'agit de bien nous entendre là-dessus afin de prévenir toute équivoque.

— Qu'à cela ne tienne, je suis coulant et je ne m'oppose pas à retarder de quelques mois l'entrée en jouissance, pourvu qu'il soit clairement stipulé dans l'acte, que je suis dès maintenant propriétaire du domaine vendu... Est-ce accepté ?

— Nous acceptons, n'est-ce pas, Landry ?

Le Traquet répondit par un grognement affirmatif.

— En ce cas, déclara le pépiniériste d'un air gaillard, je suis d'avis qu'en affaires comme en cuisine il faut servir chaud... Votre parole me suffit, mademoiselle Fontenac... Voici le dossier Gerdolle contre Fontenac, en échange duquel vous me donnerez tous deux un petit reçu... Maintenant je vais de ce pas chez mon notaire... Quel jour signons-nous ?

» Voulez-vous que nous nous donnions rendez-vous ici demain soir ?

— Demain soir, soit ! répliqua Clairette avec un douloureux serrement de cœur, je pense, comme vous, qu'il faut en finir le plus tôt possible...

— Parfaitement. Je cours mettre les fers au feu... Serviteur !... Mademoiselle, je vous présente mes civilités...

Cyrille Gerdolle était un homme expéditif et ponctuel. Le lendemain, à six heures de relevée, il arrivait à Chanteraine, escorté de son notaire, Me Rabourdin. Il trouva le frère et la sœur qui l'attendaient mélancoliquement dans le cabinet de travail de feu Simon Fontenac.

Le notaire s'installa devant une table ronde, tira de sa serviette la minute de l'acte et commença à lire d'une voix blanche et monotone. Rien n'y était oublié et le pépiniériste avait veillé à ce qu'on mît les points sur les i. Sur sa requête, le notaire avait inséré la clause suivante : « L'entrée en jouissance n'aura lieu que le 15 octobre prochain, mais il

LE NOTAIRE COMMENÇA A LIRE D'UNE VOIX BLANCHE ET MONOTONE.

est bien entendu que, dès aujourd'hui, l'acquéreur est considéré comme plein propriétaire et que l'immeuble vendu, fond et superficie, est acquis de droit au dit acheteur, conformément aux articles 546, 552 et 1583 du Code civil. » La lecture achevée, Me Rabourdin passa la plume à Clairette et à Landry, qui apposèrent leurs noms au bas de l'acte. Gerdolle signa le dernier et agrémenta sa signature d'un paraphe triomphant.

— Maintenant, dit-il gaiement en tirant de son portefeuille une liasse de billets de banque, je suis rond en affaires, moi, et voici la somme convenue... Veuillez vérifier !

Clairette compta d'une main tremblante les trente-neuf billets de mille francs ; puis le notaire, après un cérémonieux salut professionnel, se retira, suivi du nouveau propriétaire de Chanteraine. Les deux jeunes gens se retrouvèrent seuls dans le cabinet de travail, que le jour déclinant attristait déjà d'une ombre froide.

— Voilà une pénible cérémonie terminée, murmura le Traquet, en suivant du regard Clairette occupée à serrer la liasse de billets dans un des tiroirs du secrétaire.

Il éprouvait un réel soulagement à la pensée que le péril était passé ; en même temps la soudaine possession de ces trente neuf mille francs en espèces lui causait une joie confuse et réconfortante. Pourtant, malgré sa légèreté, l'aspect du visage altéré de sa sœur, la conviction qu'il était l'unique auteur de ce bouleversement des habitudes et de la vie intime de la jeune fille, réveillaient en lui un troupeau de remords. En outre, tout meurtri des coups de boutoir de Gerdolle et des railleries qu'il avait dû subir sans pouvoir se rebiffer, mortifié plus encore par ses déboires d'amoureux, il se sentait rapetissé, aplati, jeté à terre, et sa vanité blessée, sa conscience bourrelée, le prédisposaient à une contrition mêlée d'attendrissement. Aussi, quand Clairette revint près de lui avec des yeux gros de larmes, il se jeta à son cou :

— Oh ! petite sœur, balbutia-t-il, je suis honteux, je suis navré du mal que je te fais !

Elle lui rendait silencieusement ses baisers, n'osant parler de peur d'éclater en sanglots.

— Landry, murmura-t-elle enfin, je n'ai jamais si cruellement souffert que pendant la lecture de ce maudit acte... Il me semblait que notre pauvre père surgissait devant nous pour nous reprocher d'avoir livré Chanteraine à des étrangers... Oh ! poursuivit-elle d'une voix étranglée, penser que dans quelques mois je sortirai

pour toujours de cette maison où j'ai été élevée, où les moindres choses me rappellent des heures de joie ou de tristesse, c'est trop dur, je ne sais comment je supporterai le coup !

— Pleure pas, répétait le Traquet, nous resterons ensemble, je ne te quitterai plus et tu verras, va, je travaillerai !

Elle s'était assise très lasse et elle l'écoutait d'un air moitié touché moitié sceptique. Ils demeurèrent longtemps ainsi, l'un en face de l'autre, dans cet état d'accablement qui succède aux émotions trop vives, tandis que le crépuscule emplissait d'ombre la chambre muette...

Monique, entrant brusquement une lampe à la main, les surprit dans cette attitude de morne affaissement :

— Vous ne pouviez pas, bougonna-t-elle, sonner pour avoir de la lumière au lieu de rester là comme des corps sans âme?... Allons, secouez-vous !... D'abord, ma mignonne, il y a un homme qui demande après toi.

— Un homme? fit Clairette surprise... Il ne t'a pas dit son nom?

— Si fait, il s'appelle Brincard... Faut-il le laisser entrer?

— Mais oui... Le malheureux ! son enfant est peut-être plus malade !

Un instant après, Ildevert Brincard était introduit. Il s'avança lourdement, un peu gêné. Sa face ronde, rasée, bouffie de cette graisse blafarde des gens qui ont vécu longtemps dans la réclusion, le rendait quasi méconnaissable.

— Pardon, excuse, commença-t-il d'une voix éraillée, vous ne me remettez peut-être pas, mam'selle? Je suis Brincard, le père de ce garçon que vous avez soigné... Je sors de prison, voyez-vous. Je viens de *tirer* les six mois que cette canaille de Gerdolle m'a fait attraper pour dix mauvais plants de pêchers... Si c'est pas une pitié !... Malheur ! mais le pépiniériste me le paiera... Je lui revaudrai ça !... Pour lors, j'ai voulu vous visiter la première, pour vous remercier de toutes vos bontés envers la bourgeoise et les gosses...

— Comment va votre garçon? interrompit Clairette?

— Mieux... Et, s'il en réchappe, ça sera bien grâce à vos bienfaits, mam'selle ; vous pouvez vous flatter de nous avoir sauvés de la misère des misères... C'est des choses qu'on oublie pas et je les garde là, au mitan du cœur, bon Dieu !... Aussi pour vous montrer que je ne suis pas un

— Certainement, monsieur est mon frère.

— Ben alors, allons-y, je vais soulager ma conscience. J'aurais dû, il y a bel âge, raconter mon affaire à défunt monsieur Fontenac, mais quoi ? nous étions brouillés et je lui gardais une dent parce que je suis

JE PEUX-T-Y PARLER SANS CRAINTE ?

ingrat, je vas vous dire un secret qui vous intéresse, mam'selle Fontenac !

— Un secret ?

— Oui-da, et qui vaut son pesant d'or, affirma le père Brincard... Il s'arrêta, jeta un coup d'œil soupçonneux vers Landry, qui dressait l'oreille.

— Je peux-t-y parler sans crainte ?

rancuneux... Mais y a pas de mal, puisque le cerisier est encore debout... Donc, v'là l'histoire...

Tandis que les deux jeunes gens, ébaubis, l'écoutaient d'abord avec des mines incrédules, le manœuvre narra le plus nettement qu'il put les inquiétudes du grand-père Fontenac lors de l'arrivée des Prussiens en 1870, la fosse creusée par lui, Brincard, l'enfouissement nocturne du coffre rempli de bibelots précieux, la plantation du bigarreautier dans le terre-plein de la corbeille...

— Parbleu ! s'écria Landry en sur- sautant, les objets d'art dont parlait La Guêpie devaient être dans le coffre, et il paraît qu'il y en avait pour cher... Seule- ment, dans l'intervalle on a peut-être dé- couvert la cachette?

— Nenni, le cerisier est là, solide et bien vigoureux, ainsi que je m'en suis assuré tout à l'heure... Par conséquent, la caisse est toujours sous la terre et le trésor avec... Et tout ça est à vous, mon- sieur et mam'selle, puisque Chanteraine vous appartient.

— Vous arrivez trop tard, mon pauvre homme, soupira Clairette ; la propriété n'est plus à nous ; nous l'avons vendue précisément à monsieur Gerdolle et l'acte est signé depuis ce tantôt.

— Gerdolle !... Tonnerre de Dieu, jura Brincard tout fumant de colère, le gueux n'a pas perdu de temps !...

— Sacrebleu ! nous sommes roulés... Il connaissait donc l'histoire de la ca- chette? s'exclama à son tour le Traquet, déconfit.

— Hélas ! avoua l'ouvrier, je lui en avais touché un mot dans le temps, et ça n'est point chu dans l'oreille d'un sourd... N'importe, il n'a aucun droit sur le con- tenu de la caisse, puisque les bibelots viennent de votre grand-père... Vous ne pensiez pas à les lui vendre, puisque vous ne saviez pas qu'ils existaient... Un enfant comprendrait ça... Donc, vous pouvez marcher et je suis à votre disposition... J'ai été bon pour creuser la cachette, je serai encore bon pour déterrer le magot.

— Il a raison, affirma Landry, qui pre- nait feu à l'idée du trésor... Dès demain, d'ailleurs, je consulterai un avocat... Mon brave, pouvez-vous être ici jeudi matin avec un homme sûr? J'amènerai mon ami La Guêpie, qui est un fin connaisseur, et nous « marcherons », comme vous dites... Nous rendrons à ce finaud de pépiniériste la monnaie de sa pièce !...

Clairette hochait sceptiquement la tête, mais le Traquet, radieux, ne tenait plus en place. On prit rendez-vous. Brin- card promit d'être là, au jour dit, avec un compagnon et des outils, puis on le con- gédia, après l'avoir bien abreuvé et sus- tenté d'un peu d'argent.

Le frère ni la sœur ne dormirent de la nuit. Le lendemain, dès l'aube, Landry se leva, fila par l'un des premiers trains et tomba comme un obus chez La Guêpie, qui sommeillait encore.

— Veine ! mon bon, lui cria-t-il, le trésor est à nous...

— Quel trésor? ânonna le collection- neur, en se frottant les yeux.

— Parbleu ! la *Monstrance* d'Orval, la pendule de Stanislas et bien d'autres richesses encore... Nous savons où ça niche.

— Bigre ! s'exclama le bel Armand, complètement réveillé, conte-moi ça, mon petit...

Pendant que son ami procédait à sa toilette, le Traquet le mit au courant de l'aventure, en commençant par les révé- lations de Brincard et en finissant par les difficultés que pouvait créer l'acte de vente signé de la veille... La Guêpie ju- bilait :

— Je le disais bien, répétait-il, que les bibelots se retrouveraient... Le Dieu des collectionneurs ne permet pas que de pareilles raretés disparaissent de la circu- lation... Mes compliments, mon bon, vous voilà riche !... Quant aux difficultés qui pourraient venir du sieur Gerdolle, ça ne tient pas debout.

Ils sortirent bras dessus bras dessous et allèrent publier chez les principaux mar- chands de curiosités la découverte du « Trésor de Chanteraine ». Ils débu- tèrent par la boutique de Février, ache- vèrent leur tournée à l'Hôtel des Ventes, puis terminèrent la journée en soupant gaiement ensemble. Déjà oublieux de ses belles résolutions, le Traquet coucha à Paris et ne rentra que le lendemain matin à Chanteraine, en compagnie de La Guêpie.

XI

Quand les deux amis franchirent la grille de Chanteraine, Ildevert Brincard et son aide besognaient déjà sous la surveillance de mademoiselle Fontenac, ac-

chaque coup de hache lui retentissait au cœur. Landry lui présenta le collectionneur ; elle lui fit un accueil glacial, mais La Guêpie ne parut pas même s'en apercevoir. Il était d'une humeur charmante et n'avait d'yeux que pour le tertre arrondi, où le cerisier frémissait au choc des cognées.

BIGRE ! S'ÉCRIA LE BEL ARMAND, CONTE-MOI ÇA, MON PETIT...

coudée à la fenêtre du cabinet de travail. Ils attaquaient avec la cognée la base du cerisier ; les hautes ramures aux floraisons neigeuses, pareilles à des bouquets de mariée, tressaillaient, frissonnaient, et leurs pétales blancs s'éparpillaient sur la terre noire. La jeune fille assistait, navrée, à ce meurtre d'un arbre en pleine vie, et

— Ainsi, s'écria-t-il d'une voix trépidante, c'est là que gît notre trésor?... Encore un peu de temps et nous verrons des merveilles d'art sortir du sein de la terre... C'est d'un dramatique poignant et je me sens ému comme si j'étais au théâtre.

Ses paroles enthousiastes vibraient

dans l'air ensoleillé et achevaient de griser Landry. Il tira le collectionneur à part :

— Blague à part, mon cher, murmurat-il, vous ne vous montez pas le *bourrichon* et vous n'exagérez pas la valeur des bibelots ?

— Je suis plutôt au-dessous de la vérité, répliqua La Guêpie... Si réellement la *monstrance* et la pendule de Stanislas sont là-dessous, elles valent chacune cent mille francs au bas mot.

— Mazette ! objecta le Traquet alléché, ce sont de grosses sommes... Croyez-vous que nous trouvions acheteur à ce prix-là ?

— Pardi !... Après le bruit que nous avons mené hier à l'Hôtel Drouot, la presse va nous faire une jolie réclame et les amateurs ne manqueront pas...

Comme il achevait, le cerisier s'abattit avec un fracas qui arracha un cri de terreur à Clairette. Au même moment, on entendit un colloque animé au seuil du jardin et on aperçut Cyrille Gerdolle qui bousculait la vieille Monique :

— Je vous dis que j'entrerai, grommelait-il, rageur, je suis chez moi ici, sacrebleu !

Février, la veille, lui avait rapporté toute chaude la nouvelle colportée par La Guêpie, et il accourait ahuri, furibond, en compagnie du marchand de curiosités, enchanté du grabuge, et suivi de son fils Jacques, qui essayait de le calmer.

Il se précipita vers le tertre, que Brincard et son aide fouillaient à coups de pioche.

— Ha ! ha ! dit-il essoufflé, j'arrive à temps !... Arrêtez !... Vous n'avez pas le droit de toucher à un brin d'herbe ; en vertu de mon acte de vente, tout ce qui est ici m'appartient !

— Vous allez vous taire, hein ! riposta hardiment le Traquet, nous cherchons un dépôt qui a été caché par mon grand-père et qui n'a pu être compris dans la vente... Faites pas tant de *raffut* et ne vous mêlez pas de nos affaires... Continuez, vous autres...

— C'est comme ça que ça se joue ! hurla le pépiniériste, eh bien, je vous prends tous à témoins de la violation de ma propriété... Ça pourra vous coûter cher !

— Mon bon monsieur, interrompit La Guêpie avec une politesse ironique, vous êtes absolument dans l'erreur... Nous pouvons justifier de notre propriété sur les objets d'art enfouis par feu Noël Fontenac, et vous n'avez rien à y voir... Demandez plutôt à Février, qui sait son Code sur le bout du doigt !

Le marchand de curiosités, ainsi interpellé, haussa les épaules d'un air embarrassé et murmura :

— Hum !... Il y a du pour et du contre, et ça peut se plaider...

— Vous cherchez un procès ? protesta Gerdolle exaspéré, vous l'aurez !... En attendant, j'ai le droit de rester ici et j'y reste...

Les deux ouvriers, avec des rires gouailleurs, continuaient d'éventrer le tertre à coups de pioche. Sous le gai soleil du matin, c'était un spectacle curieux que celui des groupes épars au milieu des fleurs précoces et de la jeune verdure d'avril. Le dos rond sous son veston de travail d'un bleu déteint, la barbe hérissée et la bouche grincheuse, Cyrille Gerdolle gesticulait en interpellant Février. Celui-ci riait sournoisement dans ses moustaches de chat fâché, excitait son voisin par des répliques insidieuses et semblait boire du lait à l'aspect de ses grimaces désappointées. La Guêpie et son élève Landry se penchaient avidement vers les manœuvres, surveillant d'un regard impatient le déchaussement de la souche du cerisier. Brincard et son aide, en bras de chemise, creusaient avec acharnement ; la sueur ruisselait sur leurs joues, le choc des pioches envoyait des éclaboussures de terre et des graviers au visage des regardants qui n'en avaient cure. Jacques Gerdolle s'était glissé vers Clairette pâle, angoissée et essayait de la rasséréner par d'affectueuses paroles. Debout sur le plus haut degré du perron, un coin de son tablier relevé dans sa ceinture, Monique, pareille à une vieille Parque, contemplait, indignée, cette scène de dévastation et grondait entre ses dents :

— Oh ! les *brisaques* !... si ça ne crève pas le cœur de les voir massacrer notre jardin !...

Le fossé s'élargissait autour de la sou-

étreignaient de leurs griffes chevelues. Pendant le long séjour sous la terre, l'humidité avait pourri, crevassé et gondolé les ais cerclés de fer.

JE VOUS PRENDS TOUS A TÉMOIN DE LA VIOLATION DE MA PROPRIÉTÉ...

che ; une pioche fit voler des éclats de bois et La Guêpie poussa un cri d'allégresse. On venait de mettre à découvert le large coffre que les racines du cerisier

— Attention ! recommanda La Guêpie inquiet, allez-y en douceur !

Les ouvriers débarrassèrent avec précaution le coffre du lacis des racines enchevêtrées. Ils réussirent à enlever la souche, puis empoignant en dessous la caisse et la soulevant respectueusement comme on porte un cercueil, ils la déposèrent de l'autre côté des déblais, sur le gravier de l'allée.

Les assistants anxieux, auxquels s'étaient joints Clairette et Jacques, se resserraient autour de la précieuse trouvaille. Un

LA GUÊPIE TOURNA ET RETOURNA LA PIÈCE.

solennel silence d'attente régna dans le jardin ; seuls, les pinsons indifférents continuèrent à tirelirer dans les massifs. Le Traquet et son ami, agenouillés sur le sable, tâtaient les panneaux et cherchaient à soulever le couvercle, mais le coffre était fermé à double tour et la clef était absente. Heureusement, sous l'action de l'humidité, les ferrures rouillées se défendaient mal, et deux ou trois pesées de ciseaux à froid eurent raison de la fermeture. Le couvercle céda et bascula en arrière.

On vit d'abord à la surface un lit de vieilles armes fortement oxydées. Le Traquet s'était précipité vers la caisse et maniait gauchement les longs fusils à crosses damasquinées, les estocs à la poignée ciselée comme un bijou, les crucifix d'argent, les vases aux anses tordues et martelées. La Guêpie le saisit par le bras et le repoussa nerveusement.

— Laisse-moi, murmura-t-il, mon petit, ça me connaît !

Alors il enleva légèrement, un à un, les armes et les objets d'orfèvrerie qui formaient le premier lit du coffre. Avant de les déposer près de lui, il les examinait d'un rapide coup d'œil et ses lèvres se plissaient dédaigneusement :

— Hum ! marmottait-il en vidant lestement la caisse, tout ça ne vaut pas cher... Fouillons toujours, les objets de valeur doivent être au fond...

Il bouleversa une épaisse couche de papiers d'emballage et poussa une exclamation, en découvrant deux grands écrins oblongs en maroquin jaspé de moisissures.

— Qu'est-ce que je disais?... Aux derniers les bons !...

Il ouvrit le premier écrin et mit à l'air la pendule de porcelaine de Saxe aux armes de Stanislas... D'un geste de connaisseur La Guêpie tourna et retourna la pièce rare, passa son doigt sur les bronzes dorés, examina à la loupe les motifs de décoration, la marque de fabrique, puis fronça les sourcils en refermant l'écrin.

— Passons à l'autre ! murmura-t-il froidement.

Alors la *monstrance* d'Orval, légère, à peine ternie, sortit de son étui de maroquin et apparut toute reluisante au soleil. Cette curieuse pièce d'orfèvrerie semblait dater de la fin du XVe siècle. Le pied de vermeil servait de support à une couronne délicatement ouvrée et enchâssée de pierres de couleur. L'ostensoir de cristal, surmonté d'une galerie ajourée, découpée comme une dentelle, s'encadrait dans une niche à six colonnettes d'argent soutenant un dais en forme de clocheton, au-dessus duquel une croix de vermeil fleuronnée se dressait avec un christ sculpté sur chaque face. Un murmure d'admiration bourdonnait autour de La Guêpie. Mais ce dernier restait impassible et promenait sur les détails de l'ornementation des doigts nerveux et des regards investigateurs.

— Eh bien ! qu'en pensez-vous ? interrogea fiévreusement Landry.

— Je pense, déclara-t-il enfin, après un long silence, je pense que nous sommes volés, mes enfants !... La prétendue pendule de Stanislas est une imitation fabriquée à une date relativement récente ; quant à la fameuse *monstrance*, elle ne vient pas d'Orval mais d'un atelier de truqueurs de la butte Montmartre...

— Hein ? murmura le Traquet, suffoqué.

— A quoi voyez-vous ça ? ajouta Gerdolle, plein de méfiance.

— A quoi ?... A la qualité de la matière et à certaines maladresses d'exécution... Tenez ! la dorure du pied de la *monstrance* a été obtenue par des procédés qu'on ne connaissait pas au XVᵉ siècle ; les cabochons sont des pierres fausses ; le cristal de l'ostensoir sort des verreries de Baccarat... Tout ça est du *toc*... Ce bibelot contestable vaut au plus quelques milliers de francs. C'est à peine si on pourrait essayer de l'écouler aux conservateurs du Louvre !... Du reste, poursuivit-il, voici, au fond de l'étui, une note qui nous éclairera peut-être sur la provenance de cette orfèvrerie dérisoire.

Il déplia un carré de parchemin à l'écriture délavée mais très distincte, et lut à haute voix ce qui suit :

« Lorsque j'ai commencé à collectionner, le commerce des bibelots se faisait encore honnêtement ; plus tard, on s'est mis à fabriquer du *vieux neuf* et j'ai été trompé comme les camarades. Tout ce qui est renfermé dans cette caisse est truqué. Au moment de l'invasion prussienne et ne voulant pas que d'autres soient dupés comme je l'ai été, je prends le parti de retirer de la circulation ces faux objets d'art et de les enfouir sous la terre pour toujours. Si, par hasard, ma cachette venait à être découverte, j'enjoins à mes héritiers de les détruire, dans l'intérêt public.

» Chanteraine, 2 septembre 1870.

» NOËL FONTENAC. »

— La volonté de mon aïeul sera exécutée, affirma hautement Clairette ; replacez toutes ces vieilleries dans la caisse, en attendant qu'elles soient brisées et mises hors d'état de faire d'autres dupes...

— Pour lors, interrompit le pépiniériste, tout ça n'était qu'une fumisterie !...

— Hélas ! oui, avoua le collectionneur, vexé.

— Je suis floué, quoi ! Et penser, ajouta étourdiment Cyrille, que je me suis décarcassé pendant des années pour me mettre sur le dos une maison qui ne me servira à rien !

— Pardon, papa, répliqua Jacques en posant sa main doucement sur l'épaule de Gerdolle, elle te servira à me loger quand je me marierai, et ça viendra plus tôt que tu ne crois... Pendant que vous vous chamailliez à propos de ces ferrailles sans valeur, je t'ai trouvé une bru qui est un trésor... La voici... C'est mademoiselle Fontenac... Avec ta permission, je l'épouserai le plus tôt possible et, de cette façon, elle ne sera pas obligée de quitter Chanteraine...

Tout fumant de sa colère et de ses déconvenues, le pépiniériste secoua son épaule :

— Épouse qui tu voudras et va-t'en au diable ! répondit-il rageusement.

Puis il tourna les talons et sortit avec Février.

— Il ne nous reste plus qu'à imiter ces messieurs, murmura La Guêpie en saluant cérémonieusement... Mon bon Landry, rentrez-vous à Paris avec moi ?

Encore tou.. meurtri et ahuri, le Traquet se réveilla brusquement :

— Ah ! zut !... s'exclama-t-il, Paris me dégoûte, le monde me dégoûte... Je vais me fiche soldat !

Il accompagna néanmoins le collectionneur jusqu'à la station. Brincard et son aide étaient en train de boire un coup à la cuisine ; le jardin redevint désert. Jacques et Clairette purent s'y promener longtemps, la main dans la main, en écoutant la musique des fauvettes et des pinsons, en train de bâtir leurs nids...

Le Traquet a tenu parole. N'ayant pas plus de goût pour le japonais que pour le droit, il a devancé l'appel et s'est engagé dans un régiment d'infanterie. Une fois à la caserne, il s'est découvert une vocation militaire. Entré plus tard à l'École de Saint-Maixent, il est aujourd'hui lieutenant dans le sud de l'Algérie et il vient de partir, chargé d'une mission, au Soudan.

La Guêpie aussi a fait une fin : il a épousé en justes noces madame Gabrielle de Cornéry.

FIN

Imprimé en France
FROC031921230919
22214FR00017B/303/P

9 782329 322087